文治
© wénzhì books

更好的阅读

小丑的追魂曲

[日] 绫辻行人 著

王萃 译

浙江人民出版社

目 录

序 章

唱片转动起来，第一支曲子。

响起的旋律，是令人怀念的动画片主题曲。

爱看动画片的他当然知道这首歌，但不知为何，听了几段歌词后，还是想不起动画片的名字。歌词和旋律明明都清晰地浮现在脑海中，却怎么也无法和片名联系起来。

（为什么？）

他烦躁不已。

不可能呀！怎么可能想不起来呢！

一曲终了，开始播放第二支曲子。响起的依然是同一个旋律。对此他却并没觉得特别惊讶，（为什么想不起来？）只是在烦躁着为何自己无法将歌曲和片名联系在一起。

第三支曲子开始了，同样的歌词、同样的旋律、同样的伴奏、同样的歌声……

突然间，歌声中混入细微的异样杂音。他马上听出是唱片的杂音。

收录了如此怀旧的动画片（片名到底叫什么？）主题曲，想必是一张相当老旧的唱片了，被人们长时间地反复播放，没有被认真保养，所以才会这样，他这么想着。不对，也许是唱机的唱针老化的缘故吧。

“沙沙”的杂音继续传来，虽时断时续，却纠缠不休。

怎么都想不起动画片片名。杂音无情地切断音乐，激起他烦躁焦虑的情绪。第三支曲子结束，第四支曲子依然是重复播放。这时，杂音开始变得刺耳，到最后，几乎连歌声都听不清了。

忍无可忍的他打开唱机的盖子。拾音臂已经回归原位，唱片靠着惯性继续旋转，他突然瞪大双眼盯着唱片。

这是一张直径三十厘米的黑胶唱片，原本黑色的碟面，已经失去本来面目，简直就像涂上了一层奶油，呈现出一片黄白色。

真糟糕！他耸耸肩膀。灰尘牢牢地沾满了整个盘面，怎么能指望它播放出清晰的音乐呢？

他拿起唱机旁的除尘布，喷上足量的清洁剂，擦拭唱片。可不知为何，上面的污垢丝毫未减。他反复用力擦拭，还是如此。

太反常了！他双手捏起唱片，凑到眼前，异样的“动静”引起了他的注意。

（什么东西？）

他怀疑自己是不是看错了。有一种小波纹般的东西在黄白色的唱片表面微微抖动。

（到底是什么东西？）

虫子！成百上千条长约几厘米、半透明的白色虫子密密麻麻地紧贴在唱片表面，不停地蠕动。

“呀……”

他惨叫一声，慌忙扔掉手中的唱片。耳畔又响起“沙沙”的声音，这次显然不是唱片里传来的声音，而是虫子蠕动的声音。

虫子从唱片上爬出来，一条接一条地涌过来，那张圆圆的唱片仿佛就是它们的巢穴。他浑身起了鸡皮疙瘩，眼睁睁地看着成群结队的奶白色虫子在地板上扩散，最后直逼他的脚边。

“啊，啊……”

（这些虫子怎么回事？）

他几乎就要尖叫出声，这时，一阵轻快的电话铃声响起。

他反射性地拿起话筒，话筒碰到耳朵的冰凉触感将他拉回了现实。

漆黑的房间一角，他正躺在紧靠墙壁的沙发床上。直逼脚下的虫子，当然并不存在，而且屋里也没有唱机。他前年新买了组合音响，唱机大概就是在那个时候被丢掉的吧。那些黑胶唱片也都被处理掉了，当时想着如果实在想听可以再去买CD版的。

他紧闭双眼，猛力甩甩头。

“沙沙”的杂音再次传来，不是唱片的杂音，也不是虫子蠕动的声音。

（是雨声！）

他终于发现，不知何时，外面已下起了雨。

贴在耳边的话筒没有传来任何声音。他“喂，喂，喂”地喊了几声，对方却“啪”的一声挂断了电话。

是打错了吗？还是……

他轻轻地叹了口气，将话筒放回，然后瘫在沙发上。两手缓缓地揉着脸，虫子蠕动的情形再次清晰地浮现在眼前，他慌忙摇头，试图摆脱这些怪异的事物。

噩梦一场。不，或许并不单单是一场噩梦，像某种幻觉。

（刚才的电话是……）

迟钝的大脑毫无思考能力，只是空转而已。

（电话……电话……）

像太阳穴处开了个小洞，脑浆正在汩汩往外流。手脚麻痹，四肢无力，令人不快至极。但是，为什么有种甘美的感觉？

（……一起玩吧！）

他自嘲般地歪歪嘴，将手从脸上抽离，再次环视昏暗的室内。这是一间铺有木地板的客厅，面前有张玻璃小茶几；茶几过去，对面的墙边视听设备摆了整整一排，有电视机、两台录像机、迷你组合音响、LD 影碟机。显示窗上的白色文字，在黑暗中隐隐发光。

理应已被切断电源的电视屏幕散发着幽幽绿光。

（为什么会是那种颜色呢？）

他疑惑着呆呆发愣片刻后，突然醒悟。

（啊，是这样啊！）

迟缓的记忆慢慢复苏。

（想起来了，我刚才坐在这里看光碟，像往常那样和着啤酒吞下了安眠药。当时好像是零点左右，然后……）

看看录像机上的显示窗，已经两点十五分了。他把手伸向茶几，拿起刚才没喝完的罐装啤酒，灌下跑了气的啤酒，思考着方才那通莫名其妙的电话。

（喂……一起玩吧！）

大脑却依然一片空白，这让他很恼火。只是打错了电话？还是……

雨越下越大。

只穿着一件运动衫和牛仔裤的他，突然感到一阵寒气袭来，不由得打了个寒战。他这才意识到阳台的门还开着呢。空啤酒罐滚落在地板上，他拖着沉重的身体从沙发上站了起来。

半开的门帘被风吹得四处晃动，细细的雨丝透过纱门飘了进来。这里是七层公寓的顶层。越过阳台向外望去，外面夜色浓重，看不到月亮，也不见星星。灯光稀疏的街道对面，黝黑的山影宛若一个巨人横躺之姿。

只是打错了电话？还是……

被药劲和酒意肆虐的大脑缓慢地试图运作。心中涌出的不安和躁动将之前的不快与甘美一一击退。

“喂……一起玩吧。”

一周前的某个晚上，他第一次接到这种电话。一个模糊而又不甚明朗的声音呢喃着这句话。

简直莫名其妙！是打错电话了，还是恶作剧？但在不解的同时，那句话却像一把锐利的尖刀，瞬间直刺他的心底。

“请问有事吗？你是谁？”

无视他的不断追问，陌生的声音只是在不断重复“……一起玩吧，一起玩吧”，然后就挂了电话。

自那天起，同样的事情每隔一天就会发生两次。同样的声音，同样的低沉耳语，而且总会在最后加上一句“你没忘吧”。

怎么可能忘记！

（……一起玩吧！）

接到最初那通电话时，他马上领悟到这句突如其来的话语的含义。从未忘记！十五年来，始终沉睡在心底的那些往事，带给他时而尖锐、时而沉闷的痛楚。

十五年前，秋天的黄昏。脑海里浮出几张面孔，它们和暗淡的夕阳景色重叠在一起。

（……一起玩吧！）

从未忘记。但是，究竟是谁，会在多年之后……

（……一起玩吧！）

吹进屋的冷风打在皮肤上，带来深秋的寒意。他做了个深呼吸，用手指按压眼角，变得模糊不清的眼睛似乎有所好转。接着，他伸出略感麻痹的手臂，打算将阳台门关上。这时，玄关处的门铃突然响起。

他猛一回头，第一眼先看时间。

凌晨两点半。

有谁会在深夜的这个时间造访？他因安眠药和酒劲有些神志不清，但还不至于丧失基本的判断力，该有的怀疑和警戒心依然存在。

正犹豫不决间，门铃再次响起。他打开室内电灯，踉踉跄跄地朝玄关走去。

他屏住呼吸，轻轻地将一只眼睛贴在猫眼上，被日光灯照亮的走廊上站着一个人。

来访者穿一件灰色的雨衣，戴一顶黑帽子，宽帽檐压得很低。他低着头，还戴着白色口罩，将口鼻遮得严严实实。

“请问是哪位？”他隔着门战战兢兢地问道。

来访者的打扮很可疑，他虽然努力无视这种可疑，但心里仍有些害怕。

听了他的询问，来访者抬起头，盯着猫眼看了片刻，低声答道："我有重要的事情跟你说。"

因为戴着口罩，声音含混不清："所以，无论如何……"

"你是谁？"

"你到底是谁？"他再次问道。

对方缓缓地将盖住嘴巴的口罩拉至下巴处。

"啊！是你……"

看到对方的面孔，他稍稍安下心来。虽然那张脸并不陌生，但不知为何却想不起那人的名字。他的确认识这张脸，却无法记起这个人的姓名，也许是安眠药和酒精影响了他的思维。在刚才的噩梦（也许是幻觉）中，无法将音乐和片名联系起时的焦躁再次涌上心头。

"我有重要的事和你说。"对方重复道。他踌躇片刻，还是解开链条，将门打开。

来访者对于自己的突然造访并未表示歉意，直接走了进来。大概是在来的途中没有打伞，他的雨衣湿得很厉害。

"那个……"他活动着僵硬的舌头，"你到底有什么事要说……"

对方一言不发，将左手插进雨衣口袋，向他迈进一步。

（这人叫什么名字来着？）

面对这种情景，他不知如何应对。来访者目不转睛地凝视着他的脸，眼神中不带一丝情感，只有深不见底的空洞。他忍不住向后退缩，脸上挤出一丝生硬的笑容。

像是在配合他的动作，对方又向前跨了一步。这个人不会是想穿着鞋就进屋吧？

“我说，呃，那个……”

来访者从口袋中掏出左手，“嗖”地伸向惊慌失措的他。那攥得紧紧的拳头上，戴着薄薄的黑色皮手套。

“这个。”

对方边说边把手伸到他眼前，好像有东西要给他。

他慢慢伸出右手，把张开的手掌伸到黑乎乎的拳头下方。有什么东西轻轻落在掌心，当他看清的瞬间……

（这个给你……）

强烈的冲击几乎使他的心脏停止跳动。

那是一枚硬币，散发着淡淡的银色光芒。比一百日元的硬币稍大，上面印着罕见的图案。

（这个给你……）

（一起玩吧！）

对方凝视他的目光中，闪烁着黑暗的光芒。

“一起玩吧！”

（这个声音……）

（这句话……）

（这……）

那是电话里的声音！他刚察觉到这一点，对方已从怀中抽出凶器，高高举起。

“让我玩！”

“啊！”

他发出短促的喊声，不由得往后退。

（大概是金属球棒之类的东西。）

凶器直劈而下，空气随之大幅波动。他反射性地抬起右臂护住头部，结果右臂手肘被击中。

被击中了！剧烈的疼痛袭来。

身体支撑不住向后倒去，他狼狈地一屁股跌坐在地上，只能用脚跟蹭着地面向房间深处退去。由于太过震惊，他一时间还没能弄明白到底发生了什么事。

来访者冷眼看着他的惨状，缓缓地再次举起凶器。他慌忙起身逃离，第二波攻击擦过他的左肩，落在了沙发床边缘。

“啊——”他惨叫着，连滚带爬地向房间更深处躲去。

（要杀人了……）

在痛苦与恐怖中挣扎的他，终于读懂了蕴含在来访者无情双眼中的杀意。

（这人想杀我！这家伙想杀我！）

（……一起玩吧！）

原来，电话中的阴沉低语，既是“告知”，也是“宣告”。

（让我玩吧！）

可是，刚才那通无声电话呢？

（我明白了。那是“确认”。那时，这家伙已经来到公寓附近，看到我的房间没有亮灯。于是，为了确认我是否在房间内……）

背靠着阳台门，他终于想明白了。来访者对着脸部僵硬、脑袋抖个不停的他说：“笑啊。”

对方的声音含混不清：“喂，不笑可不行！”

（……笑啊！）

在他混乱的头脑中，同样的话语如同回音般响起。

（笑啊……）

（笑啊……）

（快笑啊……）

那是来自过去的声音，来自那片深深刻在心间的黄昏风景，穿越十五年漫长的时光而来。

（喂，不笑可不行……）

（你这家伙……）

“为什么？”

眨着泪水模糊视线的眼睛，他的声音颤抖着：“你，怎么会……”

“笑啊！”

对方的语调没有抑扬顿挫，第三次举起了凶器：“喂，笑啊！”

对方吐出的这句话，比即将袭来的凶器更让他不寒而栗。他的心跳如鼓点般狂乱，呼吸不畅，发不出声音。他反手打开纱门，慌忙退到阳台上，连呼救声都来不及发出。

被雨水打湿的阳台，冷得像冰一样。狂暴的雨点敲打在他泛起鸡皮疙瘩的脖颈上。

“笑啊！”

来访者像坏掉的录音机一般一直重复着同样的话，逐步逼近他。他只能步步后退，腰部一下子顶在阳台的围栏上。

“住……住手。”他举起双手，不听使唤的舌头发出哀求声，“求求你住手。那……那是……”

“笑啊！”凶器向他劈了过来，从他拼命躲闪的头部侧面划过，打在栏杆上。“哪”的一声低鸣，消融在哗哗作响的雨声中。

对方不给他喘息的时间，继续攻击。

“住手！”他边喊边胡乱地挥舞着双手。

随即——

酒意、药劲、惊愕、恐惧、被雨水濡湿的双脚……这一切成了酿成悲剧的诱因。为了避开迎面而来的凶器，他扭动身体，然后脚下一滑，甚至没来得及惨叫就失去了平衡，身体以围栏为轴翻转了一大圈。

坠落。

从二十米的高度坠落的那一瞬间，他已经完全神志不清了。但是，在即将落到公寓前国道的柏油路面上，坠入死亡的黑暗之前——

（……笑啦！）

不知从哪儿传来孩子的声音，这声音让他的部分意识恢复了片刻的清醒。

（地藏菩萨……）

他微微睁开双眼，映入眼帘的是黄昏的景色。巨大的太阳即将落山，静止的小小人影，还有……

（……笑啦！）

（笑啦！）

（笑啦！）

地面震动的强烈轰鸣声越来越接近，他刚刚萌生这种想法，昏暗的夕阳突然化作一道白色闪光。那是疾驰在深夜国道上的卡车射出的灯光。

暗红色的天空。暗红色的云。

吹拂而过的风，也是暗红色的。

随风从远处飘来的音乐声，也被染上了暗红色。

屏息静气，压抑着激烈的心跳，凝神细看，侧耳倾听。天气虽不热，脖颈上还是渗出了些许汗珠。微风拂过，带走一丝体温。

凝神细看，侧耳倾听。

世界就在那里，被切成圆形。

静止于黄昏之时，延伸至永恒的瞬间。

世界就在那里，不停地磨着锐利而又冰冷的恶意之爪。凝固于黄昏之时，静止在终结的瞬间。

第一章　返乡

1

迎接他的故乡街景，俨然一派陌生的异国景象。

他完全没有“回家”的感觉，只是感到不真实，就像在满眼单调灰色的海洋上漂流，最终碰巧到达的某个地方一样，茫然而不真实。

并不是第一次有这种感觉。记得过去在这个车站的站台下车时，也有过几次同样的感觉。但是，他还从来没用“异国”这个词形容过自己的故乡。

津久见翔二拨开人群朝检票口挤去。他站在最近刚刚重建完毕的车站大厅，单手撑在崭新的大理石柱子上，忍着突然间翻涌的轻微恶心感——大概是因为睡眠不足再加上从昨晚起就没吃过东西吧。

翔二用手撑着柱子，用力紧闭双眼。

肩膀沉重得如麻痹了一般，胸口痛得像被碾过，脸颊和脖颈接触到的空气有些发黏。周围的声音仿佛电波紊乱的广播般嘈杂。通知上行列车到站的播报声听起来简直就像陌生的异国语言。

太差劲了！

他想着。

我真是太差劲了——从昨晚起，他一直在心里念叨着这句话。

太差劲了！

“喂，喂，是翔二吗？是你吧——啊，真是的，这段时间你跑哪里去了？”

母亲贵志惠因生气而僵硬的声音，一直回荡在耳畔。

“你知道我打了多少通电话吗？电话留言你听了吧……明天马上回来一趟。听到了吗？听明白了吧！”

“太差劲了。”

翔二低声发泄着，睁开双眼。来到世上已有十九年零一个月，活到现在，他还是第一次有这种绝望透顶的感觉。不知道该怎样去思考，怎样才能得到解脱……

他脚步沉重地走出车站。

车站前方，几栋崭新的大楼一字排开，高傲地俯视着古老的商店。近几年，在以“再开发”为名的城市发展进程中，诸多高楼大厦拔地而起，它们拼命地昭示着自己的“新面貌”。但在极不符合十月初这个季节的阴天笼罩之下，眼中的这一切，就像废墟中即将崩塌的建筑物一般，看起来恶心肮脏。

时间刚过正午，天色却异常昏暗，他不由得联想起高中宿舍那低低的天花板。漆黑的路面湿乎乎的，看来雨也是刚停不久。

随身行李只有一个手提布袋，里面没装什么大物件却异常沉重，让他觉得手臂都要脱落了。他穿过公交车站，朝出租车车站走去。

“麻烦去阿瓦多町。”

五十岁左右的出租车司机将头上的茶色贝雷帽戴好，默默地发动汽车。

“客人，您是关西人吧？”司机突然询问。

此时，车子行驶在从站前向北延伸的大道上，正停在不知是遇到的第几个红灯前。翔二瞥了眼司机映在后视镜中的面孔，模棱两可地点了点头。

初中和高中的六年时间，他都没在自己位于关东平原尽头的故乡上学，而是在京都的私立学校上学。或许在不知不觉间，自己说话的腔调中已经掺杂了那里的口音。

“关西的什么地方？”

对于司机的追问，翔二轻轻地回了一句“京都”，他可没有精力向别人详细说明。

“京都啊——是在这边有熟人吗？”

“嗯，算是吧。”

绿灯亮了，车子启动后，司机就缄口不言了。

他筋疲力尽地靠在车门上，望向窗外。映入眼帘的依然是“异国”景色，本应司空见惯的熟悉街景，丝毫勾不起他的怀旧之情，而是像在用冰冷而又疏远的口吻告诉他：这里没有你的容身之处。

但这座城市——栗须市，的确是养育了翔二的“故乡”。一九七二年八月二十九日，他出生在位于栗须市最西边的博心会医院妇产科病房。至于是哪间产房，向母亲打听一下，她一定会准确告诉他的。

车子开了一会儿，又因红灯停下。司机透过镜子看着他，问道：“您是不是有什么烦心事？”

他无力地摇了摇头。

“年轻人总是烦恼不断啊，烦恼太多不是什么好事。俗话说得好，笑一笑，十年少。”

“……”

“就在最近，我家附近的公寓有人跳楼自杀了，是个才二十几岁的年轻人。听说他跳下来的时候正好有一辆卡车经过……太惨了。真想不通，怎么会寻死呢？活着多好啊。”

“自杀？”翔二不禁问道，“真的是自杀吗？”

“哎呀，您也知道那件事啊？”

“啊……嗯，偶然在报纸上看到的。”

“听说是自杀，详细情况我也不清楚。据说是个脑子不太正常的人。”

绿灯亮了。司机再次闭上了嘴。

翔二轻轻叹了口气，黯然地将视线移回车窗外。外面阴暗的景色隐隐约约映在车窗上，突然，一张和自己不是很相似的面孔出现在车窗上，与窗外的景色重叠在一起。翔二猛然间又有一阵想吐的感觉，他低声呻吟起来，左手按着胃部，右手捂住嘴巴。

“您怎么了？”

司机疑惑地皱起眉头。

翔二只能微微摇头，一句话都说不出来。怎么可能在这里告诉司机，自己就是那个“脑子不太正常的人”的亲弟弟。

2

阿瓦多町位于城市东侧，距离车站有二十多分钟的车程。这里就是所谓的“高级住宅区”，被高墙围着的大房子鳞次栉比，而翔二的家在这其中又属于最“上等”的豪宅。

翔二刻意让出租车停在离自家有一段距离的地方，因为他不愿让司机看到门牌上写着和“最近跳楼自杀的年轻人”一样的姓氏。

几个背书包的孩子走在前方不远处，大概是小学四五年级的学生吧，其中有一个男孩子比中等个头的翔二还要高。

翔二跟在孩子们后面走着，突然想起："今天不是星期五吗？现在才十二点半，这么早就放学了，大概是因为有什么活动吧……"

十月四日，星期五。

他看了看手表上的日历。自从今年春天考上理想的大学，开始一个人在东京生活之后，他的"星期"的概念就越来越淡薄了。由此可见，他真的不太可能成为让父母满意的"踏实"的好学生。

刚站到门前，就听见一阵撒娇似的狗的哼鼻声。那是翔二小学五年级就开始养的大白熊犬，是一只公狗。不过这只体形巨大的狗却叫"帕皮"①。当他看到那团白色的毛球欢快地摇着尾巴，从庭院里跑过来的时候，顿时有一种被拯救的感觉。但在一瞬间之后，他又开始在心中指责自己"太差劲了"。

"……你哥哥意外身亡了。"

电话录音里母亲的声音似乎还回荡在耳畔，声音异常冰冷、僵硬。九月三十日早晨的录音内容，翔二却在昨晚才第一次听到。

"明天守灵，后天举行葬礼。听到留言后立刻回电话！"

同样的话在不同的时间段录了好几次。因为中途录音带用完

---

① 帕皮：英文 puppy 的音译，小狗的意思。

了，所以最终也不知道母亲到底打了多少通电话。

十月四日，守灵和葬礼早就结束了，母亲会生气也是理所应当的，想必其中也包含着担心的成分。长子意外死亡，理应立即赶回家的另一个儿子却不知道跑到哪里闲逛去了，打了无数次电话都没人接……

听说在九月二十九日深夜——确切来说应该是三十日凌晨，哥哥伸一从独自居住的公寓阳台坠落而亡。昨晚的电话中母亲也说那是一场“意外”。

（是自杀吗？）

他想起刚才出租车司机所说的话。

（因为精神失常发作，所以才……）

（……真的吗？）

“滴——答……”脑海中响起水珠滴落的声音，惊得他浑身发抖，反射性地抬起右手摸摸脖子左侧。每当感到强烈的紧张、不安和恐惧时，他都会习惯性地做出这个动作。

缓缓地摩挲脖颈之后，他把手伸向门铃的按钮，接起对讲机的是家中的用人饭冢节子，而不是母亲。饭冢节子从翔二小时候起就在津久见家工作，一直住在家中，现在已经年过半百。

对方听出是翔二的声音后，短促地惊叫了一声，说了句“我马上开门”后挂断了对讲机。他推开大门，从前院向玄关走去。跑到他身边的帕皮，大概是看到了他阴郁的表情，并没有像往常那样扑过来。

他看了看车库，里面一辆车也没有。父亲的奔驰和母亲的雪铁龙都不在车库里，这表示现在家中只有节子一个人，他忽然有种如释重负的感觉。现在不想跟父母打照面，不然一定会被他们逼问这段时间都干什么去了，他不知道该如何面对父母。

身着一袭黑衣的饭冢节子打开了玄关门，黑衣穿在她略微发福的身体上显得有些拘谨。节子看着他，大声喊道：

“少爷！”

翔二绝不讨厌这位从儿时起就细心照顾自己的用人，而且就亲近程度而言，说不定自己对节子的感情比对母亲还要深。但只有今天，她那情感过于充沛的尖细嗓音，让他感到些许生疏。

“您之前去哪里了？老爷和夫人都很担心呢。”

“母亲出去了吗？”翔二生硬地问道。

节子眨着布满细纹的双眼，用力点点头：“去相里了。相里的熟人今天早晨来吊唁，夫人去送那位客人了。”

相里是位于栗须市东边的邻镇，母亲出身于当地名门，所以那边有许多亲戚和熟人。

“母亲特地开车去送的？”

“是的。夫人一向喜欢开车，虽然最近相当疲惫……”

“也就是说，母亲开车散心去了。”

“太太最近太辛苦了。”说完，节子垂下了双眼。

“傍晚时分应该就能回来了，夫人嘱咐说让翔二少爷在家里等着。”

“……是吗？”

把行李放在玄关，翔二在节子的陪同下朝着一楼深处的日式房间走去。

翔二跪坐在佛龛前，面前是装在黑边相框中的伸一遗像。随意分开的长发；过于消瘦且骨骼突出的轮廓；神经质的三白眼、大嘴、厚嘴唇。不管哪个部位都和长着一张圆形娃娃脸的翔二完全相反，相似之处只有遗传自母亲的白皙肤色。

遗像是哥哥的一张正面照。照片中哥哥眼睛微微向上望着，只有眉眼处略带笑意。那是翔二再熟悉不过的表情，隐约藏着些许卑怯阴郁，宛如想要拼命隐藏内心胆怯的孩子一般。哥哥总是露出这种生硬的微笑……

“太好了！翔二你真了不起！”

今年春天，翔二顺利被T大医学部录取时，哥哥也以同样的微笑祝福弟弟。

“加油啊！不要辜负母亲他们的期望。你要努力，别像我这个没出息的哥哥似的，明白吗？”

“节子阿姨。”给哥哥上香之后，翔二回头看着跪坐在斜后方的节子，“听说哥哥是自杀的？”

听到翔二的问话，节子一时间不知该如何回答，但她很快便摇了摇头："听说是意外。"

"是从七楼坠落的吧？"

"是的，不过……"

"怎么会从阳台上掉下去？"

"听说是因为喝醉了。"

"母亲他们是这么说的吗？"

"……是。"

翔二知道，哥哥虽然爱喝酒，但酒量却不怎么样。翔二曾亲眼看见过因为喝了几瓶啤酒就醉得不省人事的哥哥，可是……

（可是……）

自己接下来想说什么？应该怎样思考心绪才能不这么乱呢？翔二反问自己，接着微微抬眼向天花板望去。

这是一间阴暗的房间，是外观奢华的津久见宅邸内唯一一间铺有榻榻米的房间。从很久之前开始，翔二就不怎么喜欢这间平时基本没人使用的日式房间。这里总是关着灯，被黑暗笼罩，黑乎乎的巨大佛龛就安放在黑暗深处。翔二还记得，小时候他总觉得那里栖息着凶恶的怪物，尽管大人一再跟他强调那里供奉着祖父母的灵牌，但他还是怕得不得了。

"哥哥的住处呢？现在怎么样了？"

翔二一边抬手抚摩着脖子左侧，一边向节子询问。

（又做出习惯性动作了……）

节子垂眼望着榻榻米：“说是让我抽时间过去整理一下。”

“让节子阿姨去整理吗？”

“是的。或者可以雇人去整理。”

“雇人？”翔二吃惊地问道，“为什么？母亲他们为什么不自己去整理？”

“说是不太方便。”

“不方便……到底有什么不方便的！”

“这……”

听了这番话，翔二萌生出对父母的不信任感。他把目光从不知所措的节子身上移开，回过头看着哥哥的遗像。

“因为我太不争气了。”

仿佛能听到生硬微笑着的哥哥在喃喃低语。

“没有我这个累赘，母亲他们一定觉得轻松多了。你很清楚吧。”

“哥哥……”

翔二低声呢喃着，站起身来。

他对着默默注视自己的节子说：“能把钥匙给我吗？哥哥住处的钥匙，你应该知道放在哪里吧？”

“……是。”

“把它给我。”

“可是，少爷——”

"我只是去看看而已，马上就回来。"翔二说完，再次瞥了一眼哥哥的照片。

"还有，节子阿姨，能不能请你不要再叫我'少爷'了，哥哥他也不喜欢这种叫法吧。"

3

翔二刚出门，帕皮就像在等着他出来似的扑了过来。"等会儿再跟你玩。"翔二摸了摸它的头，说完便跑进车库把落满灰尘的自行车拉了出来。

去哥哥伸一的公寓，从阿瓦多町的津久见家步行需要两小时，骑自行车只需三十分钟左右。

空中依然阴云密布，随时都可能再下雨，但他并不在意。干脆来场倾盆大雨，把这脏兮兮的景色洗刷干净吧，他一面如此想着，一面踩上了脚踏板。

骑了大概一半路程的时候，他突然看到电线杆上贴着这样的海报：

流星马戏团再度献技！

世纪盛会！

阔别十五年重临栗须市盛大公演！……

好华丽的海报！

海报底色为黄色，上面排列着红色和蓝色的黑体字。就上面的美术字和插图设计而言，算不得出色，让人觉得外行气十足。不过，因为散发着一种怀旧的氛围，反倒十分引人注目。

翔二停下自行车，盯着这张残破的海报看了一会儿。

（……什么啊！）

公演地点是"栗须市民公园内特设帐篷"，时间是"一九九一年九月二十日至二十三日"。九月二十日不是上上个星期五吗？

心中没来由地惶恐不安。这到底是为什么？大脑无法思考，仿佛大脑的齿轮全都粘在一起。他只知道眼前的这些文字，以一种不可思议的力量牵引着他的心。

（……笑啦！）

流星马戏团阔别十五年重临栗须市盛大公演——阔别十五年……巨大的橙色帐篷，隐隐约约地浮现在他的脑海中。帐篷中传出乐队演奏的音乐声，音调有些说不上来的凌乱……他惊得把手放在脖颈左侧，后背直冒汗。

（……为什么？）

（这种感觉是怎么回事？）

翔二猛力摇头，甩掉这无可名状的不安，继续蹬起自行车来。

4

到达目的地的时候还不到下午两点。翔二把自行车停在人行道边上，向入口处走去。

这是一栋分户出售的大型公寓，共七层。坚硬的象牙色外壁上，带阳台的窗户整齐地排列着。

应该是一年前的这个时候吧，父母给哥哥买了这里顶层的一套房。

从那时起，哥哥便开始了独居生活。“被体面地逐出家门啦！”哥哥这样说着，还照例卑怯地微微一笑。当时挤在京都狭小宿舍里的翔二却对此羡慕不已。

公寓的正门位于南侧尽头。公寓大楼东侧有一条国道，哥哥住过的七〇五室正对着这条国道，翔二春天回老家的时候曾经来过一次。

他乘电梯来到七楼，微暗的走廊上一个人影都没有，隐隐约约听到不知从哪间屋子里传来婴儿的啼哭声。

翔二用从节子那里拿到的钥匙打开了房门。当他看到门口杂乱地摆放着几双鞋子时，一时之间还以为有人在他之前造访了这里。当然，那是不可能的，那些鞋子的大小都一样——都是哥哥的鞋子。

不知是不是错觉，屋内的空气阴森凝重，还飘荡着一股东西腐烂后的臭气。铺着木地板的宽敞客厅、独立厨房，还有一间六张榻榻米大小的日式房间，几乎比翔二在东京租住的学生公寓大上一倍。但失去主人的屋子，与其说是凌乱，倒不如用“荒废”一词来形容更为贴切。

几个空啤酒罐滚落在地板上，还有零食的包装袋。房间的角落里扔着脱下的衬衫和裤子。随意堆放着《漫画》《男性周刊》和《月刊》等杂志……不过这里似乎没有订报纸。墙上贴着翔二从来没见过，也叫不上名字的女明星海报，海报上的图钉掉了一枚，右上角卷着边垂落下来。

隔壁那间六张榻榻米大小的房间，情况和客厅大同小异。床上乱糟糟的，书和纸屑散落在地。写字台上摆着一台笔记本电脑，但显示器和键盘上都落满了灰尘。

带着难以忍受的心情，翔二在客厅的沙发床上坐了下来。然后——

他看到沙发前面的玻璃茶几上到处都沾着白色的粉末。那不是灰尘，有可能是砂糖或者奶粉洒落的痕迹，但是又不像。

（这是什么？）

他环视四周，发现同样的痕迹在屋子里随处可见。至此，翔二终于明白过来了。

（采集过指纹了吧。）

这会不会是警察采集指纹时使用的铝粉呢？

不管是意外还是自杀，从七楼阳台坠落而死，已经完全是“死于非命”了。接到报警之后，警察肯定对这里进行了常规搜查，同时从屋里的各处家具上采集了指纹。

守灵在翌日也就是十月一日的夜晚进行而并非死亡当天，说不定就与这些情况有关。

（莫非……）

翔二站起身来，朝阳台推拉门的方向走去。

（除意外和自杀之外，还有其他可能吗？）

门帘呈半开状态。翔二拧开门上的锁，拉开门，汽车发出的噪音和湿润的风涌了进来。

他穿着袜子直接走了出去。

阳台上空无一物。不知哥哥平时的衣服是全部用烘干机烘干，还是拿出去干洗。阳台上连一根晾衣竿也没有。

围栏的高度略低于翔二的胸口。伸一的个头比翔二高，大概正好位于他肚脐的位置吧。

翔二双手紧紧抓着茶色的铁栏杆，战战兢兢地向下看去。这里距离地面有二十米左右，可以看到国道被狭窄的人行道夹在中间。

出租车司机曾经这样说过：“听说他跳下来的时候正好有一

辆卡车经过……太惨了。”

“太惨了。”

俯视着下面的车水马龙，翔二深深地叹了口气。用力握紧栏杆的手指，渗出一层薄汗。

（哥哥……啊啊！）

哥哥倒在路面上的惨状似乎马上就会浮现在眼前，他慌忙紧闭双眼，保持抓着栏杆的姿势退了一步，一面慢慢摇头一面睁开眼睛——就在这时，一个男人出现在翔二的视野中。

翔二只能看清男子身穿白色夹克，戴副黑框墨镜，两手插在裤子口袋里。至于对方的容貌和表情……因为离得太远，看不太清楚。

男人站在人行道正中央，仰望着这栋公寓——七楼七〇五室的阳台。

（是谁？）

翔二紧贴着围栏向楼下望去。这时，那个男人好像也发现了翔二的身影，他似乎很是吃惊，慌忙移开目光，惊慌失措地逃开了。

（那个人究竟是谁？）

或许只是碰巧路过的行人，知道最近有人从这个阳台跳楼身亡，出于好奇而眺望这栋建筑物……

翔二又一次在刚才的沙发床上坐了下来。他呆呆地环视着凌乱的屋子，回忆着哥哥的点点滴滴。

哥哥比翔二大五岁，这个月七日是他二十四岁生日。（不就是大后天吗？）哥哥从栗须市当地公立高中毕业后，连着两年高考落榜，最后进入一所地方私立大学，但不到一年就退学了……

父母肯定对这个“没出息”的长子极为失望和恼怒。退学后哥哥只身一人去了东京，进入美术专修学校学习。他自己赚取学费，立志当一名插画家，然而，没过多久这个梦想也破灭了。哥哥在一年半之前——去年春天回到了这座城市。

哥哥的微笑中所暗含的阴郁，或许是一种自我鄙视。大概是面对远比自己“有出息”的弟弟产生的难以消除的自卑感，才使他露出那种表情吧。

“——不对。”

翔二用双手捂着脸自言自语道。

（不对。不应该是这样的……）

但是，哪里不对呢？哪里不对？哪里不应该？

对于这些疑问，翔二找不出答案，只是一个劲地不断重复着“不对，不对”。浮现在眼前的哥哥的身影开始扭曲，一点一点地裂成无数碎片。

翔二把手从脸上拿开，看到许多银色光粒在朦胧的视野中来回飞舞。他放弃思考，再次呆呆地环视起室内来。

正对面的墙边摆放着视听设备。二十九英寸的电视机、两台VHS录像机、迷你组合音响、LD影碟机。旁边摆放着装有玻璃门的黑色木制置物架，里面塞满了录像带和CD。

置物架中间那层的门开着，翔二的视线无意间扫过那里，发现放在里面的一张LD影碟被抽出了约三分之一。

翔二不禁来了兴致，从沙发床上站起身。置物架的这一层基本上放的都是动画片影碟。哥哥一直很喜欢看动画片，高中时好像还参加了一个名叫“动画研究会”的兴趣小组。

被抽出的LD影碟是《风之谷》。翔二虽然不像哥哥那样对动画知之甚详，至少这部作品还是看过的。

打开封套一看，里面没有影碟。

翔二拿着封套走到视听设备前，打开影碟机开关，然后按下“OPEN”按钮。机器微微震颤后，光驱随之弹了出来。

《风之谷》的影碟就在里面，印有“SIDE 2”的一面朝上。

5

离开七〇五室，翔二并未在电梯前停留，而是朝楼梯间走去。

哥哥伸一向来很讨厌下降的电梯。他说，电梯下降时身体好像一下子浮在半空中，那种感觉让人恶心得不得了。因此，即便是小时候跟母亲去百货商场买东西，哥哥也坚决不乘电梯下楼。所以，住在这栋公寓里时，哥哥说不定是特意走这个楼梯下楼……

翔二从七楼慢悠悠地往下走，中途一个人都没碰到，也没有听到刚才婴儿的啼哭声。不知为何，翔二突然有一种在即将被拆毁的荒废大楼内徘徊无措的感觉。

快要走出公寓时，他突然想去看一看大楼门厅墙壁处的信箱。

信箱全部采用数字锁设计，但“705”信箱的门并没有上锁。

信箱里面放着几封信件。一封是电器店的特价宣传单，另一封是录像带店寄来的新到商品介绍。另外还有……

好像是一封私人信件。

印有可爱恐龙插图的淡绿色信封上面，年轻女孩笔迹的圆形文字整齐地排列着。信封背面写着寄信人的姓名：三泽千寻。地址是东京都世田谷区北泽，离翔二现在居住的学生公寓很近。

（三泽千寻……）

翔二没听过这个名字，当然也从未听哥哥提起过。大概是哥哥的女朋友吧。或者只是单纯的女性朋友，说不定是哥哥在东京上专修学校时认识的朋友。

翔二看了看邮戳，十月二日——是昨天。信件送到这里的时间可能是昨天或者今天，也就是说，寄信人或许还不知道哥哥已经不在了……

他犹豫着要不要当场拆开看一看。

翔二把三封信都塞进外衣内口袋，像被外面突然响起的雨声驱赶着一般，奔跑着冲出了门厅。

音乐声随着暗红色的风，隐隐约约地传了过来。旋律虽然欢快，却暗含着些许哀愁……

令人联想起红色的小丑。

陡峭的悬崖边，挡住去路的无底深渊。

背对着深渊的小丑，装出一副丝毫未发觉自己身处悬崖峭壁的模样，拼命地挤出笑容，不停地跳着舞。

多么滑稽。多么愚蠢。多么可悲。

啊！多么……

静止在黄昏之时。延伸至永恒的瞬间，幻觉消失。

静止在黄昏之时。

现在，真实就在那里。就在这个被切成圆形的世界之中。

五个红色的人影。

第二章　邂逅

1

眨眼之间，雨势越来越急。

跨上自行车沿着来时的路骑了还不到一分钟，翔二已经从头到脚淋个透湿。他将上半身拼命地向前弯，带着一种在海浪中游泳般的感觉，握紧车把，踩着沉重的脚踏板。没被油润滑过的车链子发出“嘎吱嘎吱”的响声，听起来简直就像自己膝盖骨摩擦的声音。

大颗的雨点打得脸生疼，冰冷的雨滴流进眼睛里，模糊了狭窄的视野。被大雨笼罩的翔二，在得知哥哥的死讯后，第一次流下了眼泪。

回到位于阿瓦多町的家时，已经是下午五点多钟，离日落的时间不远了。

雨势越发激烈，压得人抬不起头。来不及将贴在前额的刘海捋上去，翔二把自行车速度降到最慢，打算直接冲进门内。

——就在这时。

“啊！”

他惊叫出声，在刹车的同时用力扭转车把。在前院的小路上，他差点撞到迎面而来的行人。

尽管没撞到人，自行车却因紧急刹车而一下子翻倒在地。翔二被甩出，摔到了庭院里的草坪上，右肩和胸口重重地撞到地上。

“没事吧？”有人这样问道。声音有些模糊，是个语调温和的男人的声音：“喂，小伙子！”

喘不上气，喉咙里发出喑哑的声音，像难听的口哨一般。翔二趴在湿漉漉的草坪上，拼命地调整呼吸。他一面咀嚼着蹿入口中的泥土味，一面吐出从昨晚起就挂在嘴边的口头禅：“太差劲了！”

不知道是不是听到了这句话，男人跑过来询问：“欸？你说什么？”翔二脸贴在地上左右摇摇头，忍着痛撑起手臂。

“没受伤吧？”男人担心地询问。

翔二低头看着自己沾满泥浆的裤子，带着一种想直接融化在雨中的心情回应道：“对不起，对不起。是我不对，我……”

“错不在你。”

男人语调平稳地说着，把自己撑着的透明塑料伞举在翔二头顶上：“受伤了吗？”

“……没有。”

翔二站起身来，总算看到了来人的模样。

对方身穿双排扣黑色西装、白衬衫，打黑色领带，二十五六岁的样子——不，或许更年长一些。偏瘦的体形与翔二很相似，个头却比翔二高出好几厘米。瘦削的脸庞上架着一副无框圆眼镜，略有特色的长发垂落在肩膀，与他的服装完全不搭调。

明明是第一次见面，却有种似曾相识的感觉，翔二对此很是吃惊和困惑。他移开目光，不去正视这个一直盯着自己看的男人。

“你是这家的人？”男人开口问道，不顾自己的衣服被雨水打湿，一个劲儿地给翔二撑伞。

翔二微微抬眼，点了点头。

“是翔二君吗？”

“……嗯。”

翔二走出雨伞，向倒在旁的自行车走去。自行车横倒在地，车把也歪得厉害。

“你是……”

翔二慢吞吞地扶起自行车，转头询问男人：“请问……莫非你是家兄的朋友？”

“朋友？嗯，也可以这么说。”男人答道。

或许是心理作用吧，他的笑容看起来有点落寞。

“我叫占部。占部直毅。”

“占部先生……”

“伸一君时常提起你，说你今年刚考上大学。”

几滴雨珠滴落在占部的眼镜片上。看着镜片背后闪闪发光的深棕色瞳孔，翔二再次感到一种不可言喻的似曾相识感。

“我以前是补习学校的老师，曾经教过伸一君。自那之后我们偶尔会聚一聚，一起喝几杯。”

“补习学校的老师？”

“现在已经不干了。”说着，他略微耸了耸肩。

翔二开口问道：“你是来给家兄上香的吗？”

“前些日子我出去旅游了，完全不知道这场意外事故。昨晚回家听人说起，很是吃惊，所以……”

“谢谢你特意过来。”

“别站在大雨里说话了，赶快进去吧，会感冒的。”

“——说得也是。”

“你喜欢喝咖啡吗？”

突然被人这么一问，翔二不由得心生疑惑。对方见状便从早已湿透的西装口袋里掏出一盒没用完的书式火柴，递给翔二。

“在市民公园北侧，有家叫作‘飞船’的咖啡馆，我家就在那里。那家店屋顶是红色的，很好找。”

翔二的目光落在手中的火柴盒上，鲜艳的红色外包装上印着那家店的地址和电话号码。

“欢迎你随时来玩。有关伸一君，我还有些事情想问你。”

“……嗯。”

“那回头见。”

他轻轻举起拿着伞的左手，从翔二身边离开：“打起精神来！”

他静静地转身，迈步离去。直到对方穿过大门，背影渐渐消失不见，翔二仍伫立在原地，任由连绵不断的雨点打在身上。

（他说想问我关于哥哥的事，到底是什么事情呢？难道他想问的事情和这次的“意外”有关吗……）

翔二轻轻地将手中的火柴盒装进外衣口袋，然后捂着发痛的肩膀，推起沾满泥浆的自行车朝玄关走去。极其讨厌下雨的帕皮打着响鼻，躲在屋檐下等着他。

2

母亲贵志惠已经回到家中。

看到淋成落汤鸡的儿子，她惊得瞪大双眼，大声质问：“这是怎么回事？”饭冢节子慌忙去取替换的衣服。

翔二逃也似的跑进浴室，淋了个热水澡。身体完全被冻透，映在镜中的面孔像病人一样苍白。摔倒时撞到的右肩明显青了一块，一碰就隐隐作痛。

冲完澡后，翔二默不作声地上了二楼，躲进自己的房间。

房间是他从小到大的卧室兼书房。在京都上初中时，学校是寄宿制，他只有放假回家才会在这里睡觉和学习。这里有他的回忆，也有让他留恋的东西，但如今不知为什么，这里看起来似乎也成了“异国”的一部分，像几百年无人造访的石屋一样冰冷，唯有空荡荡的空间格外显眼。

他随意地仰卧在床，单手搭在额头上，闭上双眼——好累。身心俱疲，累得一塌糊涂。

晚饭前，就这样一直躺着吧——听着窗外连绵不绝的激烈雨声，翔二这样想。

几乎就在这一瞬间，他坠入了梦乡。

在这短暂而不稳定的睡眠中，翔二做了一个奇怪的梦……

……暗红色的天空。暗红色的云雾。

吹来的风也是暗红色。然后……

狂乱而喧嚣的音乐声渐渐传来。这里？这是哪里？

（流星马戏团再度献技！）

滴答。

滴答……水珠滴落的声音。冰凉。

（阔别十五年重临栗须市盛大公演！）

“准备好了吗？”似乎有人在说话。

“……笑啦！”

（阔别十五年的……）

“地藏菩萨，笑啦！”

小小的、白白的手臂环着膝盖，下巴搁在膝盖上，一动不动地盯着前方。屏息静气、侧耳倾听……

世界就在那里，被切成圆形。

3

“翔二，你给我好好解释解释。”

母亲恨恨地盯着终于从二楼下来的儿子，用一种像是故意压抑着感情、冰冷的声音说道。虽然她的语调比昨晚电话里的声音冷静了不少，但还是可以听出她心中的怒气依然未减。

“住的地方一直没人，你跑哪里去了？一天两天还好说，你说你出去了多长时间？从什么时候开始的？去哪里了？去干什么了？”

晚上八点多，翔二和母亲隔着大型餐桌面对面坐着。

母亲身后——与餐厅相连的宽敞客厅的沙发上，刚刚回家的父亲政信正坐在那里，他一副对妻儿漠不关心的模样，单手托着一杯白兰地，面前摊开一本厚厚的书。

母亲重复了一遍："别不说话，给我好好解释！"

翔二抬起头，却无法正面承受母亲射来的目光。他将视线移到斜上方，在那里，天花板上垂下的豪华吊灯正散发出柔和的光芒。

"家里人遇到了多么伤心的事情，你应该很清楚。哥哥去世了，而身为弟弟，守灵和葬礼你都没露面。别人问'翔二君怎么了''翔二怎么没来'，你说我和你爸爸该怎么回答人家？怎么都联系不上你，打了多少次电话都没人接，也不知道跑哪儿去了。这些话究竟该对谁说才好呢。你到底……"

"我去京都了。"

翔二看着豪华吊灯的灯光，用含混不清的声音答道。

"上星期五去的，去了一星期。"

"京都？"

母亲皱起细眉，表示怀疑。

"去干什么了？去了那么长时间？"

尽管翔二完全可以编造一个让母亲满意的答案，但他却没有这么做。他并没单纯和愚蠢到认为对父母说谎这种行为就是"恶行"。只是，在现在这种情况下撒谎，有可能让自己的内心更受伤害。

他回答："去见个朋友。"这绝不是撒谎。

"朋友？"

母亲眉头皱得更紧了。

"什么朋友？"

"高中时候的朋友。"

"叫什么名字？住在京都的哪个地方？"

简直就像刑警在盘问一样——翔二这样想着，然后轻轻地摇了摇头，打算表现出一副"我不想说"的样子，但这种举动无疑让母亲大受打击。事事对父母言听计从、没有任何"问题"、不让人操心、成绩优秀且品行端正，一直以来，母亲都对这样"好孩子"形象的翔二很是满意。

"翔二，你……"

母亲颤抖着说到一半，然后大声叹了口气。

翔二再次低下头，小声说："对不起，让你们担心了。"

"你从什么时候起变成这样……"

"对不起，让你们担心了。"

翔二打断母亲的话，用硬邦邦的语调重复着同样的话。

"对不起，家里出了大事，我却……"

"别责怪他了，贵志惠。"

"啪"的一声把书合上，父亲缓缓地从客厅的沙发上站了起来，拿着酒杯走来，在椅子上坐下。

"已经过去的事情就不要再提了。翔二也是个大学生了，独自出去旅行也没什么。但是，逃课的话就不好了。”

“因为考试刚刚结束，基本处于停课状态。”翔二辩解道。

这绝不是撒谎。不过，在九月举行的上半学期考试中，他一科也没好好考。

“是吗？那就没什么问题了。”

父亲放下酒杯，从容地抱着胳膊说道。

“不过，翔二，今后如果长时间不回住处，一定要告诉我们你去了哪里。我们这样做并不是想要管束你，你现在还是个学生，而我们是你的监护人，听懂了吧？”

父亲的语气和往常一样温和而没有商量的余地。翔二觉得，父亲对他自己的言行以及支撑着这些言行的价值观怀有绝对的自信，所以才能在任何时候都“温和而不失威严”。

“还有，大学的学业可不能松懈。那边医学部里有很多我认识的教授，但他们不会因为你是熟人的儿子就额外照顾你。我嘱咐他们对你更要严厉一些呢，你可要好好努力。”

以第一名的成绩毕业于T大医学部的父亲津久见政信，不但是这座地方城市唯一一座综合医院——博心会医院的院长，而且还是一位全国知名的优秀外科医生，许多患者不惜远道而来请他做手术。翔二过去一直很尊敬父亲，以拥有这样的父亲而自豪，曾经想成为像父亲那样的人。但是……

“你这孩子脑子聪明，我和你妈妈都相信你。我想你一定不会辜负我们的信任。”

父亲一如既往地摆出一副“通情达理”的模样，阐述着“正确主张”。可现在，这一切为什么会让自己有种烦躁的感觉呢？这种不可言喻的虚伪是怎么回事……

（因为我太不争气了。）

（……没了我这个累赘，他们觉得轻松多了。）

刚才在日式房间直视过的哥哥遗像，突然浮现在脑海里。

“哥哥是怎么死的？”翔二突然抬头发问。

“为什么没人告诉我哥哥的死因？”

“那件事……”父亲似乎有些惊讶，支支吾吾地说道，“你妈妈应该跟你说了吧？”

“听说哥哥是从公寓的阳台上摔下来的……是场意外？”

“没错。”

他不依不饶地追问：“真的是意外吗？”

父亲紧紧地抿着嘴唇，重复道：“没错。”

翔二看到父亲略白的粗眉毛不自然地抖动了几下。

“问这些干吗？”

“我听人说哥哥有可能是自杀。”

“怎么可能！”

父亲当即否认。母亲在旁边又大声叹起气来。

“这种无凭无据的话是谁说的？”

“出租车司机。”

“出租车？……哼，原来如此。”

父亲的表情变得很阴沉，他端起放在桌上的酒杯送到嘴边。

“你又不是不知道，人们总是爱散布一些无中生有的谣言。”

“可是……”

“实话跟你说吧。”

父亲说着，用锐利的目光盯着翔二。

“伸一最近经常服用安眠药。虽然没告诉我们，不过，听说他曾去医院看过失眠症。发生意外那天，伸一吃过安眠药，还喝了啤酒，酒精增强了安眠药的药性，导致他在神志不清的状态下去了阳台，不小心跌了下去。这纯粹是一场不幸的意外事故。”

“……”

“看你一脸无法接受的表情。”

“为什么认定是‘意外’呢？也许有其他的可能，你们没想过吗？”

“不是自杀！现场没有留下遗书，而且伸一根本没有理由自杀。他过得事事顺心，不是吗？”

这一刻，翔二第一次感受到父亲说话时的“傲慢”。他不由得咬紧下唇，竭力抑制住想问“为什么”的冲动。

为什么让别人去整理哥哥的房间？为什么你们不亲自整理哥哥的遗物？为什么……

“你很清楚吧。”

似乎看到哥哥在卑怯地微笑着。

“算了，事到如今，大家都不要想太多。”

之后，餐桌上父亲和母亲都对“意外”一事只字不提，简直就像从来就没有过哥哥伸一这个儿子一样。

4

几乎没怎么吃东西，翔二便离开了餐桌，尽管肚子很饿，却有种一旦吃下去就会吐出来的感觉。看着一言不发离开餐厅的儿子，父母也只是沉默不语。

翔二来到楼梯间，准备上楼时，正好碰到从楼上下来的饭冢节子。

“哎呀，您已经吃完饭了吗？”

“嗯，吃完了。”

翔二这样回答她，想要勉强挤出笑容，却怎么也做不到。自己现在肯定是一副哭丧着脸的古怪模样。

“那个……节子阿姨。”

翔二叫住正要离开的节子。

“哥哥的守灵和葬礼，节子阿姨也去了吧？”

“嗯，是的……”

“父亲和母亲他们伤心吗？他们哭了吗？”

（我到底在问什么无聊的问题啊，难道他们哭过，我就能释怀了吗？）

“白发人送黑发人，哪有做父母的会不伤心呢。”

不知道说出这番话的节子到底想表达什么意思，只见她仿佛故意似的用力摇了摇头。

“老爷和夫人对伸一少爷多少有些伤脑筋，这的确是事实，不过，他们也是在为伸一少爷的将来担心……”

“我知道了，你不用再说了。”

为将来担心……果真如此吗？把“将来”换成“面子”才对吧。

“对了，少爷。”节子说道。

“淋湿的衣服该怎么处理呢？衣服脏得厉害，我想，是不是应该拿出去干洗。”

“啊！行啊。我还会在这里待上两三天。”

“好的，那我就拿去干洗了。”

翔二突然想起从哥哥公寓拿回来的信件，一个叫三泽千寻的女性寄来的信……

于是，翔二问道：“我的外衣在哪儿？我得把口袋里的东西掏出来。”

“放在家务间里，我帮您拿过来吧。”

“啊，不用了。我自己去拿。还有，哥哥住处的钥匙先借我一段时间。别担心，我不会弄丢的。”

翔二折回走廊，朝被称为“家务间”的小房间走去。路过餐厅时，他不由得放轻了脚步，因为他实在不愿意被父母察觉到自己的行动。

三泽千寻的信和另外两封信件都安好地躺在内口袋里。翔二把手伸进左右两侧的外口袋，取出口袋里的东西：七〇五室的钥匙，还有刚才那个名叫占部的男人送的书式火柴。

把钥匙和火柴塞进牛仔裤裤兜后，翔二在身旁的椅子上坐了下来。在确认其他两封信件都是无关紧要的广告单之后，他拆开了最为关注的那封信。

信封里面是一张对折的卡片，和信封一样的淡绿色纸板上印着可爱的恐龙插图，似乎是市面上成套出售的东西。

津久见君：

二十四岁生日快乐！

我记得你的生日是十月七日吧。（说实话我记得不是很清楚，所以早点寄出……）

人的一生，有起有落。以后的日子还长着呢，我们一起加油吧。

三泽千寻

PS：上次你说起的深夜古怪电话，后来怎么样了？我看你好像很烦恼，不过，肯定只是骚扰电话而已。别太在意哦！

“是生日贺卡啊。”

空白处画了一幅漫画：一个女孩骑在剑龙背上挥着手。这应该不是卡片自带的漫画，而是三泽千寻这个女孩自己画的。他边看漫画，边想象这个叫千寻的女孩的容貌。

“深夜古怪电话……”

附言里写的那些文字，莫名地在翔二心里掀起一层波澜。

“到底是什么样的电话？信上说哥哥很烦恼。这个女孩认为‘只是骚扰电话而已’……”

把卡片放回信封，翔二走出房间。当他再次轻手轻脚地路过餐厅时，突然听到里面传来父母说话的声音。

“……不用担心。”

“可是，老公……”

“翔二和伸一不一样，他是个聪明的孩子。他很清楚自己该做什么，怎样做才对自己最有利。刚才他之所以那么固执己见，多半也是演给咱们看呢。一个失去哥哥的弟弟，做出那样的行为也很正常，不需要担心。”

（说什么呢？）

翔二站在门外，屏住呼吸。

“翔二是个有出息的孩子，和伸一不一样，绝对不会辜负我们的期望。”

“……是啊。”

“伸一的事情，要坚持说那是意外。意外和自杀的含义可大不相同，如果家里有人自杀身亡，这绝对是津久见家的耻辱。”

“嗯，我明白。”

（什么？）

翔二感到全身血液迅速变得稀薄，呼吸困难。

（他们怎么可以这么说？）

翔二忍着涌到喉头的呕吐感，离开餐厅门边。不知名的厌恶感令他头晕目眩。

他捂住胸口，踉踉跄跄地走在走廊里。

在他的耳畔，哥哥的幻象用干涩的声音低语道：“如何？你清楚了吧？”

“差劲的哥哥和有出息的弟弟，继承人只要一个就够了。道理再简单不过。”

（别说了！哥哥！）

“算啦，你就为我这个愚蠢的哥哥伤心一下吧。”

（不是的！不是那样……）

翔二走进洗手间，跪在马桶前不停呕吐。空荡荡的胃里吐出的只有散发着恶臭的黄色液体。

无论如何呕吐都无法平息内心的痛苦，翔二喘息着，泪水充满眼眶。他真希望世界可以在这一瞬间燃烧殆尽，彻底毁灭。

在切成圆形的世界中，万物浸染在黄昏的光芒下。五个人影在嬉戏。

微胖的身影、瘦削的身影、细高的身影、大脑袋的身影，还有一个……

他的小脑袋上戴着红色的棒球帽。

在五人之中，他中等个头，身穿奶油色衬衫、绿色毛衣、茶色裤子，衣服穿在他身上又肥又大。

“一起玩吧！”

他的声音总是含混不清。

“一起玩吧！”

“让我玩吧。”

在切成圆形的世界之中，万物浸染在黄昏的光芒下。

孩子们尽情地玩耍，忘记了时间。

第三章　访问

1

昏暗的公园里，翔二独自坐在长椅上。

雨已停歇。云朵缝隙间，稀稀疏疏地露出几颗星星。看来雨是不会再下了，此刻风特别大，在秋夜里鸣响出别样的音色。

走廊上不经意间听到的父母对话，痛苦地呕吐后——

翔二从洗手间出来，碰巧遇到了母亲。她看到翔二脸色惨白，担心地问他怎么了，但翔二只回了句“没什么”，就匆匆上了二楼。翔二再一次把自己关在屋里，扔在床上。尽管恶心已然好转，翔二却觉得极度的空虚——或许也可以说是空洞，仿佛自己的心已经随刚才的胃液一起吐出，似乎稍加用力按压胸口，身体就会像蝉壳一样碎掉。

他试图让自己入睡，却没能奏效。不久，他发觉外面的雨停了，这促成了他之后的行动。

不想待在这个家里。

不想和那些人住在一个屋檐下，不想和他们在同一栋建筑里呼吸同样的空气……

带着抑制不住的冲动，几分钟后，翔二逃出了那个家。在大雨初霁的夜里，漫步在街上。

他记不清自己是从哪条路走到这里来的。刚才想要拼命地思考某些事情，但又似乎什么都无法思考，头脑十分混乱，等回过神来，已经来到了这里。也不管长椅还湿着，他一屁股坐了下来，因为只穿着一条牛仔裤，屁股下面湿漉漉的一片，感觉异常冰冷。

翔二有种失忆的感觉，茫然地举目环视四周。

他现在所在的市民公园，是一个大型公园。公园中央有个广场，翔二所坐的长椅就在广场一角。

周围不见一个人影，时间已是深夜十一点多。往常这里可是深夜年轻情侣们约会的首选之地，不过今晚看不到他们的身影。暴雨刚刚停歇，情侣们都不会选择到这里吧。

广场四周树林环绕，枝叶在强风下不停摇摆。稀落的路灯亮着白光，白光之外的空间被浓重的暗色所填满，仿佛盯着盯着就会被吸入其中。

大颗水珠从头顶的树枝上滴落，冰冷的水珠打在翔二的脖子上，翔二吓得差点尖叫出声，他伸出右手，擦去水珠。

（……笑啦！）

——翔二突然想起白天在电线杆上看到的海报。

（流星马戏团再度献技！）

那个马戏团的公演地点不就是这里吗？就是在这个广场架起大大的帐篷……

海报上写着“阔别十五年重临栗须市盛大公演”，十五年前，翔二只有四岁，刚刚上幼儿园。

遥远的记忆深处，橘色的帐篷隐隐约约地浮现出来，出现在眼前的广场上。树林的嘈杂声变成人们的喧闹声，与欢快的伴奏声交织在一起……

（……笑啦！）

翔二恍惚间又抬手抚摩着上脖颈，这次并不是出于水滴的缘故，而是因为从心底莫名涌起的不安和恐惧。

白天看到海报时也有过这种感觉，这到底是怎么回事？翔二为此暗暗讶异，用双臂环住前胸——浑身颤抖得厉害。

这时，他注意到有人横穿广场正中央，是两个并肩而行的人影。

（是情侣吗？）

翔二不禁想起刚在京都见过面的女朋友，他拼命摇头将女朋友的幻象驱散，然后站起身，脚下的沙石随之发出“沙沙”的声响。那对情侣回头看着他，小声偷笑。“那家伙在干什么啊”的声音隐隐传来。

翔二没理睬他们，转身离去。

明明还是十月初，风却寒冷刺骨。翔二开始后悔自己只穿了一件运动衫就跑出来，寒冷使他不由得加快了脚步。

接下来该怎么办呢？

不想回家，可是又没有别的地方可去。想起几个小学同学的名字，但很多年都没有联系了。在这座城市里，他没有可以在深夜拜访的朋友。

“异国”这个词又从心底升起。

（这里果然是“异国”吗？是我不该回来的地方吗？果真如此的话，那属于我的“故乡”又在哪里？）

“故乡这种东西根本不存在。”心底有个声音突然响起，回答了他的疑问，“根本没有，如果说你有故乡的话，肯定就是这里，这座城市……”

翔二出了公园，在路上走了一会儿之后，看到了那家店。他在吃惊的同时不禁怀疑，这真的只是偶然吗？是不是自己不经意间以这家店为目标，才会走到这里来的呢？

这是一座有着红色砖墙和红色屋顶的小巧玲珑的建筑物。大门旁边挂着一块椭圆形招牌，上面用白色的字写着店名。

“在市民公园北侧，有一家叫作‘飞船’的咖啡馆……”

翔二想起那双透过无框圆眼镜看着自己的深棕色眼瞳，已经冻僵的心感到一丝暖意。

2

这家店的营业时间是上午九点至晚上十点。此刻大门上挂着“CLOSED”的牌子，但店内仍然亮着灯。

翔二从夹在腋下的小包中找到那盒书式火柴，再次确认“飞船”这个店名之后，下定决心推开了门。

“哎呀！”

一个女人的声音传入耳中，虽然悦耳动听，却略显疲惫：“真抱歉，我们已经打烊了。”

入口处右边的柜台内，有一个穿着红色围裙的女人，看起来比翔二的母亲年长几岁——大概不到五十岁吧。清爽的短发很适合她小小的脸庞。

“请问……”

翔二在仓皇之余，环视店内，除柜台外，只有两张能坐四人的桌子，但却不会给人狭小之感。店内整洁干净，让人感觉十分舒服。

“请问，这里是占部直毅先生的……”

“是直毅的朋友吗？”

她停下手上洗涤的工作，微微歪着头问道。这个动作，再配上她黑亮的小眼睛瞪得滚圆的表情，真是可爱极了。

“抱歉这么晚来打扰，直毅先生在吗？那个，我……”

“请稍等。”

她并未露出惊讶的神情，说完这句话便走出柜台，打开位于店里面的一扇门，匆匆忙忙地跑了出去。

翔二站在入口处望着她的背影，心想她大概是占部先生的母亲吧。过了一会儿，占部从那扇门内走了出来。他穿着黑色无领衬衫，紧身牛仔裤，与傍晚见面时西装革履的打扮完全不同，给人的感觉当然也大不一样。

“嘿！”

他看到翔二，却并不怎么吃惊：“这么快就来了！”

“这么晚来打扰，真是抱歉。”

“不用客气。别站在那里，随便坐。”

翔二在柜台旁找了个位置坐下，占部走进柜台内，来到翔二正对面，看着翔二低垂的脸庞。

“你脸色很差，嘴唇发紫，很冷吗？”

“嗯，有一点。”

“稍等，我给你泡杯热咖啡。”

“直毅。”女人说道，“我先去休息了。”

“接下来我会收拾干净的，晚安。”

回了占部一句“晚安”之后，她脸上露出温柔的笑容，转身对翔二说：“你们慢慢聊。”

“那是我母亲。”

待她的身影再次消失在门后，占部开口说道。

“这家店是她经营的，我只是偶尔来帮帮忙。”

“你母亲肯定是位好母亲。”翔二把心中的想法说了出来。

“嗯，肯定不是坏人啦。”

占部边回答边推了推细细的鼻梁架，一副若无其事的样子，让人捉摸不透。

“我父亲死得早，那时我才三四岁吧。母亲一个人把我拉扯大。而我这个不中用的独子，最近总算萌生感激之情了。”

“——多大年纪了？”

“五十一。”

“啊，我问的是占部先生。”

“我啊？今年十二月我就三十一岁了，我母亲是在二十岁的时候生的我。”

“是吗？真看不出来你已经快三十一了。”

“因为我没个正经工作，整天游手好闲的。”他苦笑着说道。

“看起来显年轻的言下之意，就是说这个人没有认认真真地过日子，不是吗？”

“我不是那个意思……”

“我知道……给你，咖啡。”

占部递过来一个略有些褪色的红色杯子。翔二舀了一勺砂糖放进去，又倒了一点牛奶，搅匀后喝了下去。虽然对于空荡荡的胃来说太过刺激，但这种灼烧的感觉反而让人心情舒畅。

“那么。”

占部走出柜台，在翔二旁边坐下。他美美地啜了一口自己亲手泡的咖啡之后，缓缓地叼起一支烟。

“我可以问你吗？你来这里，是发生了什么事情吗？”

“这个……”

“和父母吵架了？”

翔二端着咖啡杯，无言地低下头。

“如果不想说，也没关系。”

耳边传来火柴摩擦的声音，接着便嗅到一股甜甜的烟味。占部手肘撑在桌上，托着腮默默地抽了一会儿烟，终于开口道：“这样吧。”

“我们聊聊我的事情吧。”

“欸？”

“你肯定不知道我是个什么样的人吧？我曾经听伸一君说起过你，所以对你多少有些了解。这样可不公平。”

他没等翔二回答，便继续往下说。

“我一九六〇年出生，出生地就是栗须市，母亲的名字叫春海。我毕业于栗须市高中，是你哥哥的学长。大学时寄宿在京都……”

“京都啊……”

“是啊，听说你初中就去了洛英？”

“——是的。”

“洛英”是翔二上了六年学的学校。

“我大学学的是英语专业，我的出勤率只有普通学生的十分之一左右。那时我忙于打工和旅行，因此修完学业也花了比普通学生多一倍的时间。回到这里之后，我先是在升学教育学院栗须分校工作，就是伸一君曾就读的那所补习学校。那栋冷冰冰的大楼就在车站前，我曾在那里教一些毫无用处的应试英语，干了一年多就辞职了，也是在那段短暂的讲师生涯中结识了伸一君。”

“家兄——我哥哥当时怎么样？”

翔二抬起头，斜眼窥视着占部所在的方向。占部又点燃一支烟，泰然自若地吐着烟圈：“他是个很特别的学生。身上没有什么特别引人关注的地方，怎么说呢，他总是给人一种兴味索然的感觉，但是这和没有干劲不一样。他的成绩不算十分优秀，却并不让人觉得他是因为能力不足才没学好，他其实很有能力。但是，我隐隐约约地感觉到了，不知他是有意还是无意——我觉得他自己给自己套上了枷锁。当然，并不是所有的讲师都这么认为。”

翔二还是第一次遇到如此评价哥哥的人，他顿时有种被救赎的感觉，然后轻轻地吐了口气。

“有一天，他突然进了这家咖啡馆，那天我碰巧在店里，当时他并不知道这里就是我家。刚好也是现在这个季节吧，我们就是从那时开始建立私交的。”

“哥哥上大学之后，你们还一直保持联系吗？”翔二谨慎地发问。

“算是吧，保持着适当的距离。”

轻轻地点了好几次头，占部又托起腮帮，陷入沉思。

“他想退学的时候曾找我商量过。”

“是吗——哥哥为什么要退学？”

问完这句话，翔二才意识到自己从来没有仔细想过其中的缘由。占部直直地看着前方，丝毫没有把目光移到翔二这边的迹象。

“他说过你的父亲，博心会医院的院长津久见政信是个著名的外科医生。身为长子的他，自然被家人寄予厚望，希望他可以考入医大成为一名医生。他曾经也想要走这条路，但是进入大学之后，他终究还是无法继续忍耐，倒不是因为成绩，他的内心，似乎始终都不想当一名医生。”

“哥哥讨厌当医生？”

“嗯。这样说似乎也不太妥当，他曾经说过，他没有当医生的资格。”

资格？没有资格是什么意思？

“我没有继续追问下去。”占部说着，静静地摇了摇头。

“不过我也没有反对。没有必要去做不想做的事情，想放弃的话就赶快放弃，趁早开始做别的事情。不然以后肯定会后悔的。虽然大部分成年人的说辞都会和我相反。”

“——我想也是。”

“对他来说，那样做到底是好是坏，事到如今，我反倒没有自信说那时做的才是对的。但是，当时我不可能给他别的意见，因为我自己就是那样经历过来的。”

占部将烟灰缸拉至自己旁边，画圈似的把香烟慢慢掐灭，动作中隐约透着一丝孤寂。

3

“哥哥是怎么说我的？”

听到翔二发问，占部从烟盒中弹出一支香烟，反问道：“你很在意？”

“因为我和哥哥几乎没什么畅谈的机会。”

没错。正因如此……

就算翔二放假回来和哥哥碰到面，也不过是只言片语的交流——兄弟间的关系仅止于此。在周围人看来，他们无论如何都不算是关系亲密的兄弟俩吧。小时候总是跟在哥哥屁股后面玩，而后来，彼此的距离为什么会拉得如此之大？翔二有一种感觉，一种强烈的、不连续的断裂之感。

“他夸你是个有出息的弟弟。”占部用淡淡的口吻描述。

“聪明、直率，一定能成为一名出色的医生，继承父亲的事业。所以，从某种意义上来说他也放心了。他是这样说的。”

“放心？果真如此吗？”

“嗯。虽然在我听来有些自嘲的语气，不过他原本就给人那种感觉——一个言谈举止间过分轻视自己的人。”

“是吗？”

翔二双手捧起杯子，将剩下的咖啡一饮而尽。而占部一言不发，把烟灰弹落在烟灰缸里，依然没有将视线移到身旁的翔二身上。

“占部先生。”看着手边已经空掉的杯子，翔二小声说，“我……”

“嗯？”

“我……”

接着，就像是带着忏悔的决心，翔二将昨晚至今的事娓娓道来。占部不停地抽着烟，默默地听着，而他的眼睛依旧直视着前方：“要再来一杯咖啡吗？”

当翔二的话告一段落时，他丢下这句话后走进柜台内，重新泡了一杯咖啡递给翔二。他站在柜台内，双手抱胸。

“你不知道该如何处理自己的感情。”占部语调平稳，“不知道自己为何会这么痛苦。”

“不知道？”

“嗯，你不想知道吗？”

占部松开双臂，单手叉腰，这次他直勾勾地盯着翔二。

翔二垂下眼帘，模棱两可地摇了摇头。

“你去京都干什么了？”占部继续发问，“你说的朋友是什么朋友？”

“……很无聊的。”

翔二自言自语似的嘟囔着：“真的很无聊的……”

“别啰唆了，你说说看。”

“……”

“是去见女朋友了吧？”

听了占部的答案，翔二微微点头。

“——我有个高中时就开始交往的女朋友，是姐妹学校的学生，和我同年。”

翔二知道自己的脸红了，他抬眼观察占部的反应，发现占部依然叉着腰，表情严肃地凝视着他。镜片后深棕色的眼睛闪烁着柔和的光芒。

“她上的是京都那边的女子大学，我们暑假时刚见过面。九月的时候我觉得她有点反常……然后，她突然提出分手，搞得我根本无法专心应对上半学期的考试，于是……”

“你想重归于好？”

“我想，当面好好谈一谈一定会有转机的，但是最后没能如愿。”去了京都之后，第二天就见到了她，两人就此分手。不，应该说是不得不分手。出生至今，他还是第一次尝到这种悲凉孤寂的感觉。如今，他丝毫不想去回忆当时的种种，甚至想将那段记忆全部抹掉。

分手之后本该马上离开，但翔二无论如何也不死心，于是在京都又逗留了一段时间。虽然没有再见到她，但他在接下来的几天里，独自走遍京都的大街小巷，回忆着曾经与她共度的点点滴滴，沉浸在告别过去的感伤之中。

“哦，原来如此。”

耳边传来占部的声音，翔二却无法抬头。

“你说很无聊，你真的认为很无聊吗？”

“但是……”

“根本不无聊，不是吗？”

“……”

“要说无聊，认为这件事很无聊的你的这种想法才最无聊。”

被人如此定论，翔二顿时不知所措。

“因为快要被喜欢的女人甩了而去见她，这有什么不对吗？”

“这……可是……”

“伸一君正好在那段时间出了事，这不过是单纯的巧合罢了。我理解你的心情，但是对于自己做出的行为，不该那么轻易地说‘无聊’。”

接着便是一阵沉默。翔二低着头啜饮着新泡好的咖啡，占部则静静地走出柜台，重新在翔二身旁坐下。

“请允许我说一点我的看法。”终于，占部开口了。

“我不是很善于教育别人，但是我看你好像走进了死胡同……总之，你是因为不想承认自己的肮脏，所以才不断地挣扎。”

“自己的肮脏？”

好有冲击力的说法。翔二惊得肩膀一抖，抬眼望着占部的侧脸。

“简单地说一下你和伸一君之间的心理联系吧。因为我是独生子，所以并不是很了解——听好了！”

他用缓慢、平稳的语调接着往下说。

“首先，伸一君面对身为弟弟的你时，有种自卑感，而且是某种特殊的经历促成了他的这种自卑感，从客观的角度来看，这也是事实。而你呢，意识到至少对于父母来说，自己是比哥哥‘有出息’的孩子。所以你觉得自己的这种优越感是肮脏的、丑陋的。”

“……”

“伸一君的意外死亡让你很伤心，所以你更加抵触自己这种

‘肮脏的’优越感。你拼命地否定伸一君的自卑感，继而否定自己‘肮脏的’优越感。看到父母对待哥哥的态度，你会产生强烈的愤怒和厌恶，也是同样的道理。你的愤怒和厌恶通过父母，原封不动地将矛头指向自身的肮脏和丑陋，对吧？再加上你隐隐约约地察觉到自己的这种内心情感，所以心里更加难受。”

“啊啊……”翔二忍不住发出喘息般的声音。

占部的分析也许是对的。没错，正是如此——虽然可悲，但事实正是如此。

竭力抑制着想要逃离的冲动，翔二又一次呼吸急促。

占部看着翔二所在的方向，像在征求什么似的微微歪歪头。翔二缓缓地摇了摇头。

“或许正是如此。”

翔二吐出这句话后，顿时轻松了不少，太奇妙了。

“哎呀呀，这么快就承认了啊。”

占部说着，脸上露出微笑。

“但是，有一点不对。”翔二说道。

“哪一点？”

“哥哥看我的眼神……不管怎样，我还是觉得那并不单单是自卑。”

“哦？”

“简直就像在害怕一样，我总觉得，他好像很怕我。”

“原来是这样。”占部吸着烟点了点头。烟灰缸里已堆满了烟蒂。

“不管怎样，翔二君，这和刚才京都女朋友的事情是一样的。你没有必要那样拼命地去否定自己对于伸一君的感情。”

“……是这样吗？”

“看你这副模样，我想你京都的女朋友是不是对你说，你只会一味地考虑自己的事情……之类的。”

“……”

“哎呀，看来被我说中了。这是指责别人时的万能借口啦，你不用放在心上。每个人都是自私的，不管是谁，首先都是为自己而活。”

“……”

“嗯……一个素昧平生的人跟你说了这么多，你没觉得好过一点吗？”

这个人正用他的方式来鼓励我。

正因为清楚这一点，翔二总算是勉强挤出了笑容。

“谢谢你，占部先生。”

翔二径直看着占部道谢。说出这句话之后，感觉心情又轻松了不少。

“身体暖和点了吗？”占部有些羞赧地报以一笑。

“嗯，好多了。”

“那可以再陪我一会儿吗？”

“什么？”

“肚子饿了，我们出去吃点东西吧。你也该吃点什么才好。”

4

店后面好像就是占部家的住处。刚才占部母亲消失的门对面通着一条走廊，走廊的尽头是这里的后门。占部打开门，领着翔二进入门后。

来到纵深的庭院，雨过天晴的夜晚令人莫名的舒畅。金木樨淡淡的香味弥漫在空气中，还混杂着草木湿润的气息。

横穿庭院的石板路对面，单独建有一间小小的平房。平房入口的右手边屋檐下，一辆50cc排量的红色轻型摩托车停靠在白墙边，它的右侧并排停放着一辆大型美式摩托车。

“你稍等一下。”

说完，占部便跑进平房，不一会儿穿了件黑色夹克衫出来。他两手拿着两顶头盔，还有一件银色的风衣。

“把这个穿上，不然会很冷的。”

把风衣递给翔二后，占部戴上头盔和手套：“头盔给你，帽带要系紧。”

这顶全盔头盔简直就像定做的一样，翔二戴在头上正合适。在他费劲系帽带的间隙，占部已经把摩托车从屋檐下推了出来，朝着像是通往大街的小巷方向走去。

“好啦，上车！”

占部跨在摩托车上，举手示意翔二。

“啊……好的。”

“你该不会是第一次坐摩托车吧？”

“……是第一次。”

“在后座上坐下，双脚踩在脚踏板上，双膝紧闭，把自己当成是一件行李就可以了。转弯的时候，不要盲目地倾斜身体，明白了吗？”

“是。”

翔二紧张地点点头，把小包揣在怀里，坐在高出一截的双人座上。排气管发出强劲有力的声音，湿润的夜空也为之震颤——现在是凌晨一点多。

他最初出现时，他们先是不知所措，而后立即转为“攻击”。

肤浅的嘲笑。

戏谑般的悲鸣。

残酷的谩骂……

但他用笨拙的笑容将这一切全盘接受。

当他说想要加入他们的时候，他们拒绝了。因为他是“异类”，不是他们的“同类”。

“让我玩吧！”

即便如此，他还是没有放弃。

“一起玩吧……”

他们远远地将他包围，且打算继续“攻击”。

“这个给你！”他说。

“那么，一起玩吧！”

第四章　疑惑

1

穿过寂静的街道，摩托车来到一家沿国道而建的二十四小时营业的家庭式餐馆。星期五的晚上，店里人很多，但还不至于排队等候。

在靠窗的桌子旁落座后，占部马上点燃一支烟。这已经是今晚的第几支烟了？翔二不禁为占部这个老烟枪担起心来，这也说明他已经有闲心顾及其他事情了。

“第一次坐摩托车，感觉如何？”

翔二实话实说：“有点害怕，但是感觉还不错。套句老话，有一种风驰电掣的感觉。”

“摩托车要翻车的话可就没那么好玩啦，毕竟不像自行车。”

“占部先生翻过车吗？”

“嗯，翻车的次数甚至让我想发誓绝对再也不飙车了。”

占部苦笑着撇嘴，很没面子似的挠挠头。他那装腔作势的表情和动作，让翔二脸上的表情也随之放松了下来。占部推了推眼镜，眯起镜片后的双眼。

“看来你已经走出死胡同了呢。”

“——算是吧。”

“太好了。”

占部一本正经地点点头。他打开菜单：“那么，我们吃点东西吧。你也得好好吃饭，你这么瘦，再减肥的话身体会垮掉的。”

“占部先生。”

翔二将话题转移到之前一直在意的问题上。

“傍晚见面的时候，你说过想问我一些哥哥的事，是吧？究竟是……”

“那件事啊。”

占部从菜单中抬头，狠狠地咬着叼在嘴边的香烟过滤嘴。

“听了你刚才那番话，某种程度上已经回答了我的疑问。”

“此话怎讲？”

“你说过，你父亲希望伸一君的死以‘意外’收尾。还说家里有人自杀身亡，会是津久见家的耻辱。”

“……”

“独居的年轻人从房间阳台上坠落身亡，一般情况下都会首先怀疑是自杀才对吧？但这件事却被当作‘单纯的意外’而草草结案，当地报纸也只是以‘意外事故’进行了极其简短的报道，完全没有提及‘自杀’一词。”

“难道——”翔二说不出话来，“是父亲从中动了手脚？”

“有这种可能，我从你的话中得到了验证。”

“这……可是——”

“博心会医院的院长，可是这座城市名列前五的名人。也就是说，在这个城市的各个方面，他说话的分量不容小觑。而且，博心会背后还有相里市的宗像家撑腰。”

“宗像？”

“哎呀，你不知道吗？相当有名呢。”

“名字倒是听说过。”

如此说来，母亲贵志惠旧姓“峰川”，母亲娘家相里似乎有姓“宗像”的亲戚。

“相里不是有一所名叫圣真女学园的超贵族高中吗？”

“啊，那所学校我知道。”

“那所学校就是宗像家直接经营的。此外还有很多产业，有宗像家做后盾的企业、团体、政治人脉等。”

“哦。”

“总的来说，宗像家在这座地方城市很有权势。我听说他们甚至能影响到当地警察机关。举个例子来说，他们有能力打通警察高层，对某个事件的搜查施压。所以……”

“——原来是这样啊。”

翔二的低语中混杂着自嘲，又轻声叹了口气：“真烦！”

“没错。”占部附和着，好像很扫兴似的微微耸耸肩膀。

“那么占部先生认为哥哥的死不是意外？正如传闻所说，哥哥的死因果真是自杀吗？”

占部默默地摇摇头：“你不是说影碟机里还放着影碟吗？”

“嗯？啊，是啊。我哥哥房间里的情况吗？”

“没错。《风之谷》的碟片‘SIDE 2’那一面朝上放在里面。”

“这有什么问题吗？”

“据我所知，警察调查公寓房间的时候，发现LD影碟机的电源似乎一直开着，电视也没有关掉。我们可以把这一现象解释为伸一君在事发之前一直都在房间里看片子。”

“——是的。”

“你觉得会有人在看完《风之谷》后产生自杀的冲动吗？”

翔二慌忙在脑海中搜寻这部动画片的记忆，好像几年前在电视里的电影剧场看到过。那是一部科幻动画，以因破坏大自然而逐渐走向灭亡的未来世界为舞台，主人公是一个名叫娜乌西卡的少女，还有叫作王虫的巨大虫怪……

翔二不知道该如何作答，正当他犹豫之时，占部接着说道：

“当然，也不能说没有那种人。不过呢，我认为伸一君不是那种人。他经常和我聊电影和动画，至少我可以肯定一点，伸一君肯定不会认为《风之谷》是一部无可救药的动画片，他不是那种性格扭曲的人。”

“可是……”

“是不是没什么说服力？那我们换个角度分析。”

占部拢拢自己的长发。

“可以肯定，伸一君不是那种会自杀的人，我是这样认为的，不管他吃了多少药，喝了多少酒。他其实是一个非常胆小的男人，这样说可能不太好听，但我不认为他有足够强的意志翻越七层楼高的阳台围栏跳楼自杀。”这点翔二完全理解。

哥哥的确是个胆小的男人。而且——“对了，哥哥不是非常讨厌电梯下降时的坠落感吗？”

很久之前，翔二还记得当时哥哥听到某个名人跳楼自杀的报道时，面色苍白地吐出一句话——“为什么会有人选择跳楼自杀的死法呢？”

“也就是说哥哥不可能跳楼自杀。”翔二眉头紧皱，“这样一来，占部先生……”

“等等，之后我会一一说明。在那之前，先把肚子填饱吧。”说完，占部将视线移回菜单。

2

“和你一样，我昨晚旅行回来才得知伸一君‘意外死亡’的事情，是母亲看了报纸后告诉我的，于是……”

把东西吃得精光之后，占部重拾旧题。翔二剩了大概一半没吃完，但相较自己最近的进食情况，这已经算是相当不错了。想想都觉得丢人，自从在京都被女朋友甩了之后，翔二几乎都没怎么认真吃过东西。

“其实我有个朋友，是高中时的铁哥们，他现在是警官，在栗须署刑事课任职。我联系了那家伙，想问问他知不知道这个案子的详细情况。然后——”

占部停了下来，有些担心地看了看翔二的反应。

“请全都告诉我，我没关系。”

翔二挺直腰背，深吸了一口气。

“不管听到什么，我都能接受。”

占部点了点头，继续往下说。

“虽然他说过不要将这些话外传，但对象是你应该没问题。他说那并非一场单纯的意外，案发现场有很多可疑之处。”

刚才占部已经断言不可能是自杀。那就说明……

“那么，”翔二轻声说道，“有他杀的可能性，是吗？”

“他原本认为搜查当然会从自杀和他杀两方面展开。但是，案发之后还不到一天他们就接到上级指示，命令他们停止搜查。”

“可是房间里有调查过指纹的痕迹。”

“据说除了伸一君的指纹外，几乎没有其他人的指纹。”

“那所谓的可疑之处是指？”

“首先，是房间的门锁问题。”

说完，占部抽了口烟。

“伸一君掉下去之后摔在国道上，随即被一辆正巧路过那里的卡车轧过，这你是知道的吧？警察正是接到卡车司机的报案才赶往现场的。通过司机的证言和现场情况，警察马上判断出这并不是一场单纯的交通事故，之后警察便得知死者是公寓的住户，并对其房间进行了搜查，但我听说当时房间的门并没有上锁。事故发生在凌晨两点到三点，这个时间段房门却没有上锁，不是很奇怪吗？”

“的确。”

“还有，公寓里其他住户有好几人都在警察推测的案发时间内听到过异样的喊叫声，虽然可以认为那是伸一君在坠落时发出的惨叫声，但据说也有证言称那喊叫声十分古怪。”

假设是他杀，声音有可能是哥哥在遭人袭击时发出的喊叫声。

“还有一点，当时阳台门是敞开的，在阳台门前的地板上，有一枚罕见的硬币。”

“硬币？”翔二无意识地反问道。

“硬币”这个词触动了他内心的某个地方。

（……给你！）

“是什么样的硬币？”

“过去的五十钱银币。”

“五十钱……”

（这个给你！）

翔二惊得用手抚上左侧脖颈。

（……一起玩吧！）

“伸一君应该没有收集古钱币的爱好，而且在伸一君的房间里，也没有发现同一种类的硬币——嗯？你怎么了？想到什么了吗？”

是什么？为什么心里如此不安？绞尽脑汁也想不明白，翔二烦躁地摇了摇头。

“没有……没什么。”

“是吗？”

占部怀疑地皱起眉头，但很快便恢复到原来的表情，继续说道。

“较大的疑点大体上只有这三点。还有，你刚才不是跟我说过吗？令伸一君烦恼的‘深夜古怪电话’。从目前我们知道的情形来看，不得不让人有所怀疑。”

“你的意思是……他杀？”

说着，翔二又把手放在脖颈左侧。

（冰凉……）

“房间里的五十钱银币或许是凶手掉的？”

“有可能……有人想对伸一君下手。你有这方面的线索吗？”

“完全没有头绪。”

内心依然烦躁不安，翔二无法保持冷静，遂把视线挪向窗户那边。

“你说过的那张生日卡片呢？放在家了吗？”占部继续问。

“啊，不，我带来了。”

“能不能让我看看？”

“可以。”

翔二拿起旁边座椅上的小包，从里面取出那封信。

“就是这个。”说着递了过去。占部仔细地观察了信封的正反面，然后抽出卡片打开。

“原来如此……三泽千寻啊。”

“你认识这个人吗？”

“听伸一君说过。”

占部把打开的卡片放在桌子上，重新点燃一支香烟。

“他们似乎是在东京的专修学校认识的。她现在好像在做漫画家的助手，同时也尝试着画一些自己的作品，可以说是未来的漫画家。”

“她是哥哥的女朋友吗？”

“不，不是。”

占部平静地予以否认。

“我想他们并没有什么特殊关系，只是很谈得来的朋友，偶尔打打电话聊聊天罢了，伸一君是这样说的。听上去他并不像是在撒谎，而且他也没有理由在这件事上撒谎。”

“是吗？”

占部将卡片原样对折后放回信封：“不管怎样，得先和这个女人取得联系，她或许知道怪异电话的具体内容。”

“你的意思是……我们两人来调查案件吗？”

“我们能做的十分有限。刚才我说的刑警朋友——那个叫武藤的家伙——如果去拜托他，或许能提供我们一些帮助，但他也无法光明正大地行动，要是被上头知道了可不是闹着玩的。”

“……”

“还是说，翔二君你……”

占部盯着翔二的脸不放。

“你想就这么回东京吗？什么都不做就回去，你觉得这样好吗？”

“……”

除自杀外还有他杀的可能性，这肯定早已传入父亲的耳中了吧，然而他却为了保护自己的“面子”，把亲生儿子的死当作“单纯的意外”搪塞了事，是这样吗？

翔二无法容忍。正如占部所指出的——他想要否定自己内心的“肮脏的优越感”，正是这种心理激起了对父母的愤怒和厌恶。现在他承认了这一点之后，觉得更加无法容忍。

也许他也说不清对哥哥的感情有多深。说不定普通的兄弟情义在他们之间并不存在，但是——

装出一副毫不知情的嘴脸，若无其事地继续过着平静的生活，这无论如何也不能饶恕！死去的哥哥未免也太可怜了，自己也未免太不知羞耻了吧……

翔二再次将视线投向窗边。

透过被黑暗浸染的窗户，对面国道和渐渐驶近的汽车前灯映入眼帘。黑色车体尾部的光线似乎径直朝自己这边射来，翔二被这种光线带来的恐惧所震慑，他用力地眨了眨眼。就在这时，映在窗玻璃上的一个人影引起了他的注意。

人影是店里的一位客人，他此时正坐在被通道隔开的斜后方的桌子旁。

翔二不由得轻轻“啊”了一声，转头看向那边。

“怎么了？”占部询问道。

“不，没什么……”

那里坐着三个男人，一个离自己较近，另两个坐在里面，年龄都在二十五岁左右，其中一人……并排坐在里面的两人中的一人——看起来有点眼熟。

那男人是……

不就是在哥哥公寓的阳台上看到的那个男人吗？当时他站在人行道正中央，一直盯着哥哥公寓的阳台。

他穿件白色夹克，戴黑框眼镜。虽说那时没能看清他的五官，但他们绝对是同一人，不会有错。

而且……个头矮小，体形偏瘦，头看起来有点大，短发轻轻贴在秀丽而苍白的额头上——好像很久以前见过这个人似的，翔二觉得他很面熟。

3

“那三人怎么了？”

占部压低声音询问。翔二重新把目光转向他，说明事情的来龙去脉。

“哦，所以你觉得那人很可疑。”

占部支起手肘，双手十指交叉，远远地望着桌边那三人：“另外两人你有印象吗？”

听他这么问，翔二再次偷偷地回头看了看斜后方。戴黑框眼镜的男人身旁，坐着一个皮肤白皙的肥硕男子。而靠近自己这边的那个人，留着烫卷的短发，宽宽的肩膀，从自己这个角度看不到他的脸。翔二迷茫地苦苦思索。

“那个比较胖的，我记得那家伙叫榎田。”占部若无其事地说着，这倒让翔二有些吃惊。

“你怎么会知道？”

“他是伸一君的同学，在补习学校上过课。”

“还有，你之前看到的那个戴眼镜男人，他叫一之濑，是我家附近药店店长的儿子，他还去过几次我家咖啡馆。离我们这边较近的那个人我不认识。”

一之濑，榎田。一个戴眼镜，一个肥硕。药店店长的儿子，哥哥的同学……

这些信息在翔二的心中形成一个小小的旋涡，随着旋涡旋转速度不断加快，沉积已久的记忆被卷入旋涡之中。

（……一之濑史雄。）

（我知道。）

（……榎田胜巳。）

（不只是那个眼镜男，叫作榎田的胖男人我也认识。那两人我以前都见过，那是——那是……）

“我们走吧，翔二君。”

占部拿起账单站起身。这突如其来的动作让翔二慌了手脚，然而占部并未走向收银台，而是朝三人落座的桌子方向走去。

“嗨，好久不见。”

占部抬起一只手，爽快地和他们打招呼。“你是榎田君吧？”

在愁苦氛围中一直窃窃私语的三人，动作一致地抬头看向占部，至少榎田和一之濑的脸上都露出一副被人突然打扰后的惶恐神情。

“我是占部，曾经在升学教育学院教过英语，不记得了吗？”

“占部老师？”榎田一脸困惑地微微点头，“啊，是的，你好……”

“你现在好像是在初中教日语吧？”

“对，你知道啊。”

“听津久见君说的，听说你和他从小学到高中都在同一所学校？”

“津久见……”

看着自己教过的学生吞吞吐吐的样子，占部若无其事地问道：

“你知道伸一君已经去世了吧？”

榎田当即慌乱地垂下眼帘，他身边的一之濑和对面的鬈发男子，也做出相似的反应。

占部转头看着翔二，用下巴向他示意：“来这边。”

“晚上好。”翔二微微低头行礼，观察着三人的反应。

很明显，突如其来的事态变化似乎让他们有所顾虑，他们频频抬眼望着翔二。这种目光——翔二觉得他们的目光和哥哥面对自己所流露出的胆怯眼神有着惊人的相似之处。难道是自己的错觉？

“是翔二君吧？”

榎田用和他的体形截然不同的尖细嗓音，故作轻松般爽朗地大叫：“哎呀，都长这么大了。我记得你应该上大学了吧？”

“嗯……”

“哎哟，不记得了吗？小时候我们还经常在一起玩呢。”圆圆的脸上堆满僵硬的笑容。

“喂！”一旁的一之濑用手肘杵了杵榎田的侧腹。榎田立刻中断这个话题，转而压低声音：

“你哥哥的事真是太突然了。”

“真没想到他就那样走了。”

不仅仅是榎田，这个名叫一之濑的男人也是哥哥的朋友？以前的同学？那个鬈发男子也是……

翔二仔细观察第三个男人的长相，男人也正盯着他看。

脸盘较大，皮肤略黑，眉毛又浓又粗，小眼睛微微上挑。鼻子下面蓄着少许胡须，不过感觉与他不太相称。

“听说他是喝醉后失足摔下去的？”男人开口问道，声音沙哑，口气有些粗鲁。

“其实是自杀吧。”

“喂喂，畑中。”一之濑责备他，“怎么能这么说呢！”

(畑中……)

翔二立刻发现自己对这个名字有印象。

(……畑中志郎。)

“请问……”翔二毅然发问。

“诸位是哥哥以前的同学吗？我不太记得了。”

“是啊，没错。”

一之濑推了推眼镜框：“上小学的时候我们同班，之后……初中和高中也同校。”

“不过我高中中途就退学了。”畑中粗鲁地补充了一句。

一阵令人尴尬的沉默蔓延开来，三人忐忑不安地互相窥视着对方的面孔。占部则一言不发。翔二两只手拿着小包和头盔一动不动地站着，心神不宁地等着有人先开口说话。

一之濑、榎田、畑中。眼镜男、胖男人，还有……

翔二觉得有些头晕目眩。他感觉脚下的地板正在缓缓波动起伏，头顶上的灯光忽明忽暗，而且还在慢慢旋转。

心底某处——遥远记忆的深处，突然响起一个声音。

(……笑啦！)

——小孩的声音？令人怀念的声音、令人恐惧的声音。

这究竟是……

(地藏菩萨，笑啦……)

“走吧，翔二君。”占部率先打破了沉默。

翔二如梦初醒，不停地眨着眼睛。

“再见，有机会再聊。”

和三人说完再见后，占部冷淡地转身离去。翔二跟在占部身后，能感觉到三人从背后射来的胆怯目光。

4

占部什么也没问，径自把翔二送回了阿瓦多町的家。

离家时的激愤情绪早已消退。和占部的一番交谈，至少让他从之前那种不知如何是好的状态中解脱了出来，一味自责的心情也有所缓解。

一想到要回父母在的地方，他就心生厌恶，现在已是凌晨三点，想必也不会和他们打照面。如果他们没发现儿子已不见踪影的话，现在应该已经酣然入梦了。

翔二想，首先得感谢占部，而且他还想和占部多聊一聊。

气冷式双缸发动机的尖锐轰鸣声划破深夜的寂静，逆风行驶中，翔二仿佛听到风中混杂着自己的心跳声。他用力抱紧驾驶摩托车的占部，全身因陌生的急速前进而有些僵硬，但不可思议的是，此刻的心情却无比舒畅。

“安全到达！”

把摩托车停在门前，占部掀起头盔上的防护罩：“有钱人家的少爷坐在车上，还真让人紧张。”

“谢谢你送我回来。”

翔二从双人座上下来，摘下头盔，低头鞠躬。

“今天唐突造访，实在是……”

“可是我们聊得很愉快哦。”占部满不在乎地眯起眼睛。翔二把占部借给他的风衣脱下，放在头盔里递了过去。

占部接过后挂在左臂上，重新握紧车把：“今天再来我家一趟吧。”

“我想先查一下东京三泽千寻的电话号码，并与她取得联系，你觉得怎么样？”

“就这么办吧。”

翔二缓缓地用力点了点头。

哥哥为什么会死？真的是他杀吗？如果真是他杀，究竟是谁杀的哥哥？

翔二认为必须查明真相，现在不做点什么的话，他一定会后悔一辈子。去做自己力所能及的事情，至少要弄清楚哥哥是怎么死的，这不敢说全是为了哥哥，其实也是为了自己。

“我们约个时间吧。下午一点怎么样？”

“我想应该没问题。”

“很好。如果出不来的话就给我打电话。”

“我明白。”

“晚安。”

占部抬手把防护罩放下，猛踩油门。

翔二目送着摩托车远去后，朝大门走去。

帕皮听到声音后跑了出来，这时候如果进来的是陌生人，就算是悠闲度日的帕皮大概也会狂吠吧。不过，奇妙的是，它似乎早在看到人影之前就知道是翔二。它轻轻地坐在小路正中央，摇晃着毛茸茸的白色尾巴。

“怎么还没睡？不对，是我把你吵醒了吧。”

见翔二跟它搭话，帕皮马上轻轻地打起响鼻回应翔二。翔二开始走动，它也慢腾腾地跟在后面。

翔二绕到后门，用备用钥匙打开门。蹑手蹑脚地向二楼走去，所幸似乎没有惊醒任何人。

当晚入睡后，翔二做了一个梦。

在暗红色……黄昏的笼罩下，世界被切成圆形。

5

占部直毅和津久见翔二离去后，坐在桌旁的三人又一次陷入令人尴尬的沉默中。

一之濑史雄用不安的目光盯着他俩离去的背影，直至他们走出店门。榎田胜已用湿毛巾擦着蒜头鼻上冒出的汗珠，双腿直打哆嗦。畑中志郎望着旧友们的各种反应，皱着眉头点燃一支烟。

三人中只有畑中抽烟。

畑中毫无顾忌吐着烟雾，一之濑明显露出不快的神色，那神情仿佛在说“如果以后患上肺癌，都是你这家伙害的”。

畑中心里很不爽，今天晚上突然打电话把他叫来的就是一之濑，也不管他不想见到其他人，几乎是强行把他叫了过来。明天可是久违的周六休假，为什么非得在这种时候和这帮无趣的家伙碰面，有什么乐趣可言？

（真受不了！）

畑中在心中暗暗咒骂。

（为什么事到如今……）

很久都没见过其他两人了，有五六年了吧。至少在高中退学之后，大家都没有这样聚过了。和津久见伸一的关系也是如此。

和他们三人早已断绝了联系，所以在听闻津久见死讯时，虽然有所惊讶，但还不至于太受打击。更何况他根本没想过把此事和那件往事扯上关系，但是……

“翔二君似乎什么都不记得了。”

“好像也不太认得我们了。”

“毕竟是十五年前的事情了。”一之濑压低声音回应道。

“那时他还没到上幼儿园的年龄呢，就算忘了也没什么奇怪的。”

“希望他以后也不要想起什么……”

“所以你别说些不该说的话，没必要特意跟他说我们过去经常在一起玩吧？”

“嗯。”榎田抖着下巴上的肥肉，“大家都不说话，所以我才……”

“不过话说回来，他俩怎么凑到一起了？而且还是在这个时候。他们以前就认识吗？”

“谁知道呢。补习学校的时候，津久见就和占部老师的关系不错，还经常去‘飞船’。”

“飞船？”畑中插嘴道，“那是什么？”

“我家附近的咖啡馆。”一之濑答道。

“开了大概有十年了吧。”

“没听说过。”

“那里就是占部的家。”

“他不是补习学校的老师吗？”

“他好像只做了一两年的老师。店是他母亲经营的。听说他也不工作，成天游手好闲。”

“你知道得真清楚。”

“都是听来我家药店的主妇们说的。”

“唉。”

畑中重新跷起二郎腿，单肘支在桌子上，看了看手表。

已经凌晨三点多了。

“差不多该散了吧，该说的都说完了吧？”

畑中边说边瞪着他们，那两人满脸不安地互相看了看，却一句话也不说。

“你们想得太多啦！”畑中烦躁地一吐而快，“津久见的死只是一场意外，不然就是自杀。我觉得是自杀，他的事我也有所耳闻，听说他被赶出家后就堕落了，不去工作，只知道喝酒，听说还嗑药呢。哼，说到药，一之濑，该不会是你给他的吧？”

“胡说什么……”一之濑脸色苍白，脸颊抽动着。

“不过是偶然兴起随口说的话，搞不好真让我说中了。”

畑中心想，嘴里却嗤笑着：“我要回去了。”

“有什么好在意的，瞧把你们给吓的。事到如今，那家伙——是叫阿典吧——那家伙，难道是那家伙的鬼魂来找我们复仇吗？蠢透了。”

看着两人的表情明显僵硬起来，畑中决定无视他们，独自站起身来。

“喂，畑中！”一之濑欠身叫住了他。

“那件事——当时发生的那件事，绝对不要告诉别人，对任何人都不能说。”

“小时候就约好了要守口如瓶的嘛。”

畑中故意开玩笑似的说道：“我心里有数，别摆出一副可怕的表情。要不是你们提起，那种陈年旧事我早就忘得一干二净了。”

“……”

“那再见啦！下次再叫我出来的时候，可要找个有趣点的事情哦。”

6

开着爱车 RX7 行驶在回家的路上，畑中数次被强烈的困意侵袭，每当困意袭来，他就慌忙甩甩头，重新握紧方向盘。

（太累了。）

他打开车窗想吹吹风，但飘进来的却是前面长途卡车排出的废气，便又关上了车窗。

“千万不要疲劳驾驶。”

他提醒着自己，将车内音响的声音调大。

今年夏天，他工作的地方——车站后面的一家小型汽车维修公司——一位年轻同事就因为疲劳驾驶出了车祸。听说是在休息日去海边游完泳回家的路上，连刹车都没来得及踩，就撞上了一辆停在路边的卡车。开车的同事奇迹般地捡回一条命，坐在副驾驶和后座上的两个朋友却当场死亡。

（撞上卡车……）

想象着当时的情形，他不由得放慢车速，与前方的卡车拉开一定的距离，卡车的尾灯在黑暗中扩散。与遥远的那一天的夕阳之色重叠在一起……

（暗红色的天空……）

心不在焉地回想着那天——十五年前的那天发生的事情，畑中不痛快地咂咂嘴。

事到如今，他本不愿忆起那桩不吉利的事。明明早已将它抛诸脑后，却因为津久见死得有些蹊跷，而又去翻旧账……

十五年前——

一之濑史雄、榎田胜巳、津久见伸一，还有畑中志郎。他们四人当时不过八九岁，上小学三年级，又都是同班同学，放学后和休息日经常在一起玩。当时经常在学校和公园这几个地方玩耍，偶尔也会跑到名叫“地藏丘”的小山丘的空地上去玩。

那天，那家伙出现在他们面前。那家伙——就是“阿典”。

（阿典吗？）

刚才若无其事地说出这个名字的时候，一之濑和榎田一个个都表情僵硬，脸色苍白……真是的，那两人干吗那么战战兢兢的啊。话虽如此，其实十五年前的那段记忆被烙上某种恐怖色彩，也一直盘踞在他心底。

那天，那个时候，那个瞬间——

（……笑啦！）

那家伙在畑中身后几米处停下，露出扭曲恶心的笑容，然后微微抬起右手，踏出左脚，失去平衡的身体向斜前方倾斜，眼看就要摔倒。

（地藏菩萨，笑啦……）

那家伙拼命地保持平衡，绽开笑容。然后，那里……

“啊，想起来了。”

畑中嘟囔着，再次下意识地放慢车速。

“是卡车！”

没错，是卡车。那辆车，也是卡车。那辆脏兮兮的小型卡车停在坡道中央，那辆车……

不知自那之后“阿典”怎么样了。也许死了，也许只是受了点伤。可是，怎么可能会在十五年后的今天……

“不会吧！”

手臂上不禁冒起一层鸡皮疙瘩。

畑中一边咂嘴，一边将音响的声音调得更大。在一个十字路口转弯后，前方的卡车没了踪影，畑中脑海中的黑影却始终挥之不去。

开到自家门前时，已是凌晨三点四十分了。这栋钢筋结构的旧公寓位于城西，建在博心会医院旁边，他一个人在这里住了将近四年。畑中的父母在他上初一的时候离了婚。其实在父母离婚之前，因为父亲事业不顺，他们全家已从阿瓦多町的豪宅搬到了郊外狭小的出租屋，这似乎也是父母经常争吵的原因。离婚后，母亲离开了这座城市，把唯一的儿子丢给了丈夫。

自那之后过了三年，父亲再婚了。父亲事先根本没和他商量，就突然带回一个陌生女人，并对他说“这是你的新妈妈”。父亲再婚后，他一心只盼着能早点离开这个家。高中没上多久就退了学，其中大半原因其实是想借此反抗父亲和那个女人。

放弃学业之后，他也没有去工作，一直游手好闲。有段时期曾走上歪路，堕落到堪比暴走族和小混混的地步。他成天惹是生非，给父亲添了很多麻烦。在被警察抓走过几次之后，二十岁那年他离家出走了。离家出走后，他一直不停地打零工，后来经由亲戚中唯一关心他的伯父介绍，就职于现在的公司。就职之后他一直踏踏实实地工作，连自己都有点佩服自己。

虽然没有和今晚见过面的那两人说，但其实畑中现在交了个女友，并打算近期结婚。女友在畑中公司旁边的外卖店工作，比畑中小一岁，他们交往已有一年多了。想到以后能够和女友一直在一起，总是加班的工作也不觉得苦了。完全不同于为讥讽父母而游手好闲的那段时光，现在，他真切地感受到一种充实感。

今天下午他约了女友。最近两人都很忙，好久都没有悠闲地约会了。如果天气好的话，他打算去稍远一点的地方，去乌裂野附近兜兜风。

当年父亲还驰骋商界，父母的关系也没恶化之时，他们家在乌裂野的森林里有一栋别墅。虽然那里除了一片小小的湖泊外也没有什么，但或许是小时候常常被带到那里去玩的缘故，那块土地上的风景作为难以忘怀的另一个“故乡”，一直保留在畑中的心中。总有一天，他要凭借自己的本事，在那片湖的湖畔买一栋别墅——这个心底的梦想他从未跟别人提起。

他把车子开进公寓附近的月租停车场，从后备厢里拿出汽车防护罩套在车身上。虽然把防护罩固定在车身的各个部位很麻烦，但他还是每次都这么做。因为如果真有人使坏将车身划伤，那他就后悔莫及了。今年年初他刚刚以分期付款的方式买来 RX7，其重要性仅次于女友。

他仔细地盖好防护罩，拍打着手掌上的灰尘起身——

这时，一个人影突然从停在旁边的丰田吉普车的阴影里冒出来，畑中吓得胆战心惊。

（这家伙怎么回事？）

身穿一件灰色雨衣，头戴一顶黑色帽子，帽檐压得很低，而且还低着头，无法辨认出相貌。

畑中虽觉可疑，但谁也没规定不允许有人在这个时间段穿成这样出现在这里，说不定这人是要把自己的车开出来呢。畑中决定无视他，打算离开……

“等一下。”一个含混不清的声音响起。

“啊？”畑中吃了一惊，停下脚步。

对方缓缓地靠近他，将插在大衣口袋里的左手抽出：“这个！”对方伸出手，手上戴着黑色的薄手套。

“你是什么人？”

畑中的疑问没有得到回答，对方将紧握的拳头伸到畑中的胸前。

“这个！”对方操着含混不清的声音又重复了一遍，像是在有意掩饰嗓音。

莫名其妙！搞不好是从博心会精神病房跑出来的病人。虽然有一瞬间畑中心中冒出这种怀疑，但他还是顺着对方的话，将右手抬起。

黑色的拳头张开，一个冰凉的小东西落在手掌上：“这个给你。”

这句话和这个东西——银色的硬币，畑中花了数秒才想通它们之间的联系。

（……给你！）

（这个给你！）

（……一起玩吧，好吗？）

“难道……”

强烈的战栗贯穿全身。

（不会吧？）

畑中抬眼向上望去，几乎与此同时，第一波攻击袭向畑中。

“让我玩吧！”

伴随着模糊而含混的声音，对方从怀中抽出凶器，迅速劈下。别说抵抗了，畑中连闪身避开的机会都没有。凶器命中他的额头，随着一声闷响，皮肉绽开，骨头碎裂。

“喂，让我玩吧！”

畑中低声呻吟，双膝跪地。

（这……）

他双手碰触额头，刚才那一击不是幻象。

（这种事……）

剧烈的痛楚，流出的鲜血，微温的触感，都是那么真实。

“喂，笑啊。”毫无起伏的声音从头顶传来。

畑中仰望着，对方的脸隐藏在帽子下方，白色大口罩覆盖了口鼻。微暗之中，俯视着自己的双眼中闪现出冰冷的光芒，昭示着此人不同寻常的意志。

（这家伙疯了。）

“慢，慢着。”畑中喘息道，伸出沾满鲜血的双手，“等等，你到底是……”

“笑啊！”

(喂，笑啊！)

耳边传来空气被割裂的声音。畑中心中呐喊着“快躲开”，然而身体却无法自如地行动。第二波攻击从头顶袭来。

(笑啊！)

(不笑可不行！)

畑中像被弹开般向后倒去，呈“大”字形横躺在柏油路面上，他想抬起手臂护住头部，却只能做到颤抖指尖的程度。

耳边响起“咚”的一声脚步声，畑中微微睁开眼，站在身旁的人影模模糊糊地浮现在眼前。

(难道，我……)

连痛得打滚的力气都没有，有如微弱电流穿过般的麻痹感，渐渐扩散至全身。

(我要死了吗？)

(就这样死了吗？)

(死在这里吗？)

(死得这么乏味……)

下午还要和女友约会呢，久违的约会，如果天气好的话，就去乌裂野——去那片令人怀念的森林里兜风。明明都计划好了的，究竟为什么，怎么会变成这样……

“笑啊！”

凶手再次重复着这句话，第三次举起凶器对准瘫倒在地的他，毫不留情地向他的脸部攻去。鼻子破烂，门牙也断了几颗。

“笑啊。”凶手说完，又补上一击，“你们都是坏人。”

血沫在黑暗之中飞溅，落在周围的地面上，落在凶手的雨衣上，落在刚才畑中亲手盖好的防护罩上，血渍点点。

“你们……”

他已然丧失说话和睁眼的力气，十五年前那天黄昏的风景在他的脑海里扩散开来。

（地藏菩萨，笑啦！）

小孩子的声音，一动不动的四人，扭曲的笑容，大大的黑影渐渐逼近……

（……笑啦！）

（……危险！）

（危险啊！）

畑中拼命地想要抹掉那可怕的一幕，以儿时在乌裂野湖畔玩耍的身影取而代之，最后他的意识沉入死亡的黑暗之中。

“这个给你！”他伸出手，手里握着一枚银币，“让我一起玩吧。”

他们惊讶得面面相觑，因为那不是他们平常司空见惯的硬币。“这是什么啊？这个硬币真奇怪。”

其中一人从他手掌中拿过银币，表示不解。

顿了一小会儿，他答道：“这是过去的钱币。”

“是吗——”

“是真的。”

另一人盯着伙伴的手指出：“你们看，上面还写着五十钱呢。”

“哦，真的呢。”

“这东西很值钱的。”

“好棒。”

“也让我看看。”

“我也要看。”

孩子们眼中闪烁着光芒。

他得意地挺起单薄的胸膛：“让我一起玩吧，好吗？这个给你。”就这样，他和他们之间建立起单纯的“交易”关系。但是……

第五章　追忆

1

十月五日，星期六，秋高气爽的一天。

父母好像并没有发现他深夜溜出去。翔二起床后从二楼下来，这时父亲已经出门了，母亲在客厅心不在焉地看着电视。

看到儿子出现，她马上发问："你会在家里待多久？"

她过分平静的声音和表情试图要说明昨晚的争执已经成为过去。

"还要待一阵子。"翔二也尽量用平静的语调回答，"我想帮忙整理哥哥的房间，可以吧？"

母亲虽然有些困惑，但马上就回答他："可以，你自己决定吧……学校的课程不要紧吗？"

“一两个星期不去上课不要紧的，大学和高中不一样。”

“是吗？既然你都这么说了……”

虽然点了点头不再说什么，但她仍然露出一副欲言又止的模样。

像是为了阻止母亲要开口说的内容，翔二赶紧微笑着说：“不要紧，别担心。”说完，他心中悄悄地叹了口气。

对于父亲和母亲，他已不像昨晚那样满腹负面情绪。他们是他们，他是他，最重要的是，他要用自己的头脑去思考，去行动，去判断价值，要为自己而活。所以……

此刻，早饭时间已过，翔二独自吃着节子准备的早饭。胃口虽然还没恢复正常，但昨晚好好睡了一觉后也恢复了不少。

“节子阿姨。”

翔二突然想起了什么，向在旁服侍的节子询问。

“节子阿姨是从什么时候起开始在我家工作的？”

正张大嘴打哈欠的节子，赶忙将哈欠咽了回去，看向翔二。

“有十五年了吗？”翔二继续发问。他会这么问估计是因为一直对那张马戏团海报念念不忘吧——那张“阔别十五年重临栗须市盛大公演”的海报。

“十五年……”节子念叨着，像是在思索似的歪着头，“我记得没那么早，少爷上小学的那一年我才来的。”

“那是十二年前喽。”

“是这样的。”

“那哥哥有个朋友叫一之濑，您知道吗？”

“一之濑先生吗？”

节子又歪着头思索起来。

“伸一少爷的朋友……”

“家里好像是开药店的。”

“说起来，葬礼的奠仪簿上好像有这个名字。”

一之濑也来参加哥哥的葬礼了？翔二觉得完全有这个可能，他继续问道：“榎田和畑中这两个名字呢？有没有听说过？”

“这两位也是伸一少爷的朋友吗？”

“嗯。是哥哥小学时的同班同学。您知道吗？”

“这个嘛，我……伸一少爷基本上不怎么带朋友到家里来，这些人怎么了吗？”

“没什么，既然不知道，那就算了。”

“要再来一杯咖啡吗？”

“嗯，多谢……对了，我一直有一个疑问，节子阿姨没有结婚吗？”

“什么？”正拿着咖啡容器的节子像是吓了一大跳似的，眨了眨小小的眼睛。

“少爷真是的，突然问这种事情。”

“问得很无礼吗？”

“哪里哪里，怎么会呢。年轻的时候和一个男人一起生活过，但那个人后来过世了。”

“啊……抱歉，问这种事情。”

“哪里，少爷不用放在心上，已经是很久以前的事情了，对方的模样我也早忘记了。”

说着，节子爽快地笑了。看着她布满细纹和斑痕的脸，翔二深有感触，节子阿姨也老了啊。

2

到达“飞船”时还不到下午一点，比约定的时间稍稍提前了一些。市民公园北侧这一带属于御森町，从阿瓦多町的津久见家步行到这里要花费半个多小时。

清爽的风很有秋天的感觉，蓝蓝的高空上，隐约飘浮着几缕曲线状的白云。在通透阳光下，这座城市呈现出和昨天全然不同的风貌，但是空气中弥漫的“异国之感”未曾消逝。

“自己真是在这座城市出生长大的吗？”记忆中的风景与现在相比，总有种让人无法否认的断层感。翔二觉得很不安全，仿佛世界会随着自己踏出的脚步摇晃起来似的……也许每个人成长到某个年纪时，都会产生这种感觉？

“飞船”正在营业中。

店里有两个客人，她们一边看着报纸，一边吃着饭，都是上班族打扮。电台正放着一位女歌手的抒情歌曲，好像是最近的热门歌曲，翔二记得自己听过几次，但不知道歌手和歌曲的名字。

翔二刚进店，柜台里占部的母亲——记得名字是叫春海——和他打招呼，说的是“午安”，而不是“欢迎光临”。她似乎一眼就认出翔二是昨天来找她儿子的人。

“请进。”

她微笑着指指店里的门。

“直走，穿过最里面的门，就到院子里了，直毅就在院子对面的平房里。我带你去吧。”

“不用了，我知道怎么走。”

翔二从店内横穿过去，走过微暗的走廊，来到后院。迎面扑来的金木樨花香令人心旷神怡。

平房屋檐下，两辆摩托车并排停放着，位置和昨晚一样。翔二走近右侧那台美式摩托车，很好奇地看了一会儿。摩托车有着圆形曲线的黑色油箱、大幅度弯曲的车把、银色的引擎，还有从引擎处延伸到摩托车后方的粗排气管，整体给人一种宛如“铁马”的感觉。会不会再让自己坐一次呢？想到这儿，翔二没来由地紧张起来。

他朝着房间入口方向走去，无意间看到一个奇怪的东西。红色轻型摩托车后面——白色墙壁的下方，粘着一个圆盘似的东西，还闪着银色的光芒。那是什么？翔二弯下腰仔细地瞧了瞧，发现那是一个脏兮兮的不锈钢盆，圆形，直径约三十厘米，紧紧地粘在墙壁上。

为什么会把这个东西粘在这里？等会儿问问占部吧，这么想着，翔二朝入口走去。

没有门铃，翔二边喊着“占部先生”，边敲着门。翔二敲敲喊喊几次之后，占部才终于出来开门，看样子他好像还在睡觉，穿着白底蓝色条纹睡衣，长发睡得乱糟糟的，也没戴眼镜。

“啊，翔二君啊。”占部用力地揉揉眼睛，“已经到时间了吗？嗯……我记得闹铃的确是响过了。”

虽然这是第三次和占部见面，可是每次他给人的印象都不一样，这种人还真不多见。

占部惭愧似的挠挠头：“真抱歉，稍微等我一会儿，我马上就换衣服。”

“不急。”

片刻后，占部穿着昨晚那件皮夹克走了出来，迎着明亮的阳光眯起眼睛：“好了，走吧。”

说完，他把头盔递给翔二。

翔二不解地问：“咱们去哪儿？”

“去伸一君的公寓，你不是有房间的钥匙吗？”

“是啊，可是……”

“像记事本、电话簿之类的东西应该还留在房间里吧，我们要从上面找出三泽千寻小姐的电话号码。”

“啊，这样啊。”

“虽然去查号台查询也是可以的，不过我想亲自看看‘现场’，方便吗？”

“嗯……我们走吧。”

走到院里时，翔二指着刚才看到的圆盘问：“那个是什么？”

“古怪吧？”占部边戴手套边微微一笑，“你猜猜。”

“不知道……是个盆吧。”

“我家是十几年前搬到这里来的，大概是在我上大学的时候吧，母亲租了这个房子，把前面改成店面兼居室，开始经营店铺。这间平房原本就有。从我们搬过来的时候起，这面墙上就贴着这个东西。反正也没必要把它揭下来，就一直维持着原样。”

“这到底是什么东西呢？是不是在盖这座房子的时候，作为吉祥物之类的被嵌进去的？”

“不是，是建好后用黏合剂之类的粘上去的，并没有埋在墙壁里。”

“那……”

翔二把手放在膝盖上，弯下腰凑近观察。盆不但脏兮兮的，表面还坑洼不平。

“要我给你提示吗？”占部说道，“提示一，之前住在这里的一家人，有个上小学的孩子。”

难道是小孩的恶作剧？仅此而已吗？

占部顿了一会儿，继续说：“提示二，院子一角——那片杜鹃花篱笆之中，掉落着一个软式棒球。”

“球……啊！”翔二心中灵光一现。

“是练习投球的靶子吗？用这个当靶子，从那边把球投过来。”

“我也是这么推测的。”占部摘下眼镜，戴上头盔。

“高度正好是接球手摆好架势的高度吧？而且，仔细瞧一瞧会发现上面还残留着些许球的形状。”

“啊，果然如此。”

这么说来，小的时候，有时也会和哥哥在庭院里玩抛接球。但因为兄弟俩相差五岁，力量和技术差距也很大，哥哥总是一副无趣的样子……翔二回忆着接到有力一球时掌心的痛感，又盯着那个脏兮兮的银色圆盘看了一会儿。

（被切成圆形……）

3

七〇五室和翔二昨天来的时候一模一样。

占部粗略地环视了一下凌乱的客厅，顺便看了看六张榻榻米大小的房间，接着走出房间去观察阳台。翔二在这期间找出扔在沙发床旁边地板上的黑色电话机，把它重新放在桌上。这部带录音功能的电话和翔二在东京住房里使用的电话是同一个型号。翔二拿起话筒，能听到正常的信号音，看来电话线还能用。

正当他环视周围，找寻电话簿之类的东西时，传来占部呼叫“翔二君”的声音。

“你来一下。”

翔二慌忙来到阳台。占部指着一截围栏说：“你看这个。”

“怎么了？”

“你看这里。”

涂成茶色的铁栏杆上，占部所指的那一部分有涂漆脱落的痕迹，下面露出了黑红色的铁，脱落部位有几厘米长，呈细长状。

“这是……”

“像是被什么硬物划伤的，你说像不像强烈击打后留下的痕迹？而且这些痕迹都很新。”

“嗯，你说得没错。”

占部凝视着那块可疑的痕迹。

“我们是否可以这样推测？五天前深夜，造访这个房间的凶手挥舞着凶器——比方说铁管或者铁棒之类的钝器——袭击了伸一君。虽然伸一君拼命地躲避凶手的攻击，但还是被逼上了绝路。

还有一种可能就是伸一君是在躲避攻击时失足掉下去的。这个栏杆上的伤痕会不会是凶手当时抡起凶器攻击时留下的？”

“……”

“警察在第一天的搜查中肯定也注意到了这个疑点，公寓的其他住户可能也在证言中说听到过疑似击打的声音。”

占部颓然地摊开双臂。他隔着围栏瞥了一眼楼下，随即回到室内。之后，他们很快便找到了随意放在杂志堆上的电话簿，找到了三泽千寻的电话号码。在占部“还是你来打比较好”的提示下，翔二拿起了话筒。

星期六下午两点。翔二想这个时间段对方不太可能在家，不料信号音响到第三声时对方就接起了电话。

“你好，我是三泽。”

声线比翔二根据生日卡上的文字和插画大致推测的要粗一些，有些男性化。

翔二抑制着紧张的心情，问道：“是三泽千寻小姐吗？”

“是我，请问你哪位？”

“那个……我叫津久见翔二，是津久见伸一的弟弟。”

“津久见君的弟弟？”

“是的，我是他弟弟。突然来电话，真的很抱歉。”

千寻似乎还不知道那件事。

“实际上……”翔二把五天前哥哥意外身亡的事情告诉了对

方。瞬间的沉默之后，短促的轻声尖叫在翔二耳畔响起："真的吗？怎么会这么突然？"

翔二简明扼要地说明了一下情况。

"从阳台上摔下去……"她几乎说不出话来，"难道津久见君是自杀？"

"目前认为是意外，但是有些地方还不甚明了，所以……昨天我看了三泽小姐寄给哥哥的生日卡，针对里面的内容，我有些问题想问问三泽小姐。"

"……"

"我想问的是，生日卡上所写的事情——'深夜古怪电话'——究竟是什么样的电话？"

"古怪电话？啊，那个啊……"

千寻做了个深呼吸，似乎是为了平复心情。

"津久见君曾经向我抱怨说有人在半夜给他打古怪电话，他说电话里的声音死气沉沉。我劝他说只是骚扰电话而已，我有时也会碰到这种事。"

"那电话内容方面呢？"

"让我想一想啊……"

考虑了两三秒之后，她给出了答案。

"好像是……'你没有忘记吧''让我玩吧'之类的。"

"让我玩吧？"

（喂，让我玩吧……）

翔二吃了一惊，随即皱起眉头，重新握紧话筒。

“而且说完这些之后对方就会立刻挂断电话。”

“是男人还是女人？”

“男女莫辨的声音。”

“请问是什么时候听哥哥说起这件事情的？”

“——大概是一个星期前吧。”

“哥哥有没有说他是从什么时候起开始接到这类电话的？”

“说是从四五天前开始。”

伸一和千寻最后通电话大约是在九月二十八日，那么开始接到可疑古怪电话的时间就是二十三日左右。

“哥哥是不是很介意电话的事情？”

“是的……可是，当时津久见君好像醉得很厉害，有些口齿不清。现在想来，他当时应该相当害怕呢……”

“害怕吗？”

“我是这么觉得。”

“哥哥还说了什么吗？只要是你觉得不太对劲的事情，请一定告诉我。”

“他说因为睡眠不好，所以吃了安眠药，虽然我告诉他那样做不好。”

“还有吗？”

“我想想看。”千寻嘟囔着沉默了下来，不久后又接着说，“他还说过‘地藏菩萨’之类的话。”

“什么？！”

心脏猛地一跳。

（怎么回事？）

翔二把手放在胸口，然后抬起手抚摩脖颈左侧。

（……笑啦！）

（啊，这是……）

“他到底怎么说的呢……啊，想起来了，我记得他是这么说的。”“啪嗒”……水珠滴落的声音在耳内响起。

“他当时战战兢兢地问我知不知道‘地藏菩萨，笑啦’这句话，我问他什么意思，他却说不知道的话就算了。”

黏糊糊的汗渗出，翔二一时语塞。三泽千寻说的那句“地藏菩萨，笑啦”是什么意思？为什么这句话会让自己如此反常？

（……笑啦！）

（……一起玩吧！）

“喂喂？”千寻讶异的声音传来，“喂喂？翔二先生？是叫这个名字吧？你怎么了？”

“没什么……抱歉，我没事。”

翔二缓缓地摩挲着脖子，摇了摇头。

“其实，明天我要和朋友一起去香港，要不然，我想立即过去吊唁的。”

“啊，不用费心。没关系，不必放在心上。”

她和伸一君应该没有什么特别的关系，看来指出这一点的占部是对的。

“真的，请不必放在心上。我想哥哥收到生日卡也一定会很开心的，所以，不必介意。”

“……”

“那我挂了。真抱歉，突然问这么奇怪的事情。”

翔二说完，主动挂了电话。之后，他仍握着话筒，一时之间还无法回归到正常的思考状态。他呆呆地睁着焦点模糊的双眼，嘴唇半开着……

“翔二君，怎么了？”

占部的声音听起来似乎很遥远。翔二不知道该怎么回答他。

（这是怎么回事？）

某些东西（被切成圆形……）在某些地方引起了共鸣。心底（十五年前，那个）的记忆深处，（马戏团的音乐声隐约传来……）那里（暗红色的天空）伴随着不安（一枚银色的硬币）、恐怖（五个拉长的漆黑人影）和剧烈的心跳，这是……

（一起玩吧，好吗？）

简直就像被打上马赛克的电视画面，然后电波紊乱，噪声不绝于耳。

（……笑啦！）

（……笑啦！）

（……地藏菩萨，笑啦！）

“啪嗒”……水珠滴落的声音又一次响起，翔二伸手抚摩着上脖颈。

“你怎么了？”占部又问了一遍。

翔二心不在焉地摇了摇头。

4

之后，考虑到可能会有笔记本和便条之类的东西留在房间里，两人分头检查了房间，花了两个多小时找遍了房间的每一个角落，最终也没找到类似的东西。占部将电脑软盘里的内容浏览了一遍，也没有发现可疑的文件资料。

他们下午四点半出了公寓，准备先回占部家。

把摩托车停在店前，占部戴着头盔看了看店内，然后耸了耸肩：“哎呀，真少见，客满。”

“这样闯进去一定会被母亲揪住帮忙的，我们还是先去我的房间吧。”

“好，我没意见。”

把摩托车直接丢在原地，他们从店旁的小巷绕到后院。

占部打开平房的房门："屋里乱得很，进去的时候要小心。"正如他所说，房间不是一般的乱，将两间六张榻榻米大小的日式房间打通后作为一大间使用，仍几乎没有立足之地。地板被埋在一大堆凌乱的书籍、文件和纸屑堆里。

一进屋，最先映入眼帘的是靠左手窗边并排摆放着的一张大桌子和电脑架。右手边摆着一张没有覆盖被褥的电被炉[①]，上面杂乱地堆着书籍和文件。屋里还有一个房间，透过半开的拉门可以看到房间内摆着一张像是高低床的家具，不过发挥床功能的似乎只有上面那层，下面那层几乎成了堆放杂物的地方。

"这里也算是我的工作场所。"占部拨开纸堆腾出空间，"截稿日迫在眉睫，所以一片狼藉啊。"

"截稿日？"

"嗯，我出去旅行，偷了好长时间的懒，所以现在时间很紧。要不平常我怎么都会收拾收拾的。"

"占部先生在做什么工作？"

"翻译不值钱的小说。"占部若无其事地答道，"话虽如此，不过我翻译的书才出版了两本，而且基本上卖不出去。"

"真没想到，占部先生是翻译家啊？"

---

① 电被炉：被炉是日本特有的冬季取暖工具。将炭火或电器等热源固定在方桌下，上面覆盖被褥防止热量外流。

“新手罢了，比打零工略强一些。现在我也积攒了不少人脉，有几个大学同学在东京的出版社工作，不时地会给我安排些工作。”

“这样啊。”

“坐那里吧。喝什么？虽然我这里只有速溶咖啡。”

“速溶咖啡就行。”

占部离开后，翔二立即脱下夹克衫，在被炉旁坐定，开始打量起房间来。几个书架嵌在墙壁里，上面摆满了书，其中有不少外文书，漫画和杂志的数量也多得惊人。墙壁上空白的地方贴着各种各样的东西，有世界地图、日本地图、摩托车照片、玛格丽特画作的复制品、已褪色的外国摇滚乐队海报……

“齐柏林飞船。”

占部端着托盘返回，翔二对着他念出海报上写着的乐队名称。

“你喜欢这个乐队吗？”

“哦，那个啊，以前挺喜欢的。”

占部羞涩地笑笑：“你知道这个乐队？”

“只知道名字而已。”

“嗯……感觉我们有代沟了。”

占部把被炉上的几本书拨到地上，放下托盘，然后轻轻拿起立在书架一角的电吉他，在桌旁的旋转椅上坐了下来。他拨了一下琴弦确认调音无异常后，缓缓地弹起中速的琶音来。

“啊，这首曲子我听过。”

“《通往天堂的阶梯》。”

“是那个乐队的歌曲吗？”

“没错，是我们那个年代的名曲哟。滚石乐队的*Angie*，你知道吗？”

“这个嘛……”翔二觉得很抱歉，歪着头思考起来。

占部随即苦笑道：“你不怎么听音乐吗？不要告诉我你只听古典音乐。”

“大家都听的音乐我多少会听一些。”

“什么样的音乐？”

“美梦成真[①]、冈村孝子之类的。”

“嗯……”

“占部先生有兄弟姐妹吗？”

“我不是说过我是独生子吗？父亲去世得早，没能给我留个弟弟妹妹。”

“可是……”翔二向里面的房间望去。

“嗯？”占部顺着他的视线看去，“哦，那张床吗？你眼睛可真尖。”

“为什么是高低床？”

“你想太多了，正如你看到的那样。”随意把吉他搁在一边，

---

① 美梦成真：DREAMS COME TRUE，是日本的知名音乐团体。

占部说，“这是我住宿舍时开发出的节省空间的技巧，其中一层代替储物空间使用。偶尔上下替换着用还能换换心情。”

“原来如此。”

翔二啜饮着咖啡，再次环视室内的情况。

电视机上摆着一个白色木制相框，看到相框内的照片。“那是占部先生吗？”翔二问。

照片上是一个背着大帆布背包，胡子拉碴的男人。脸上的无框圆眼镜倒是和占部现在戴的一样，可是乍一看，完全感觉不出是同一人。照片背景像是在国外的某个古老寺院。

“那是我第一次去尼泊尔时拍的。”点燃一支香烟，占部答道，“前一阵子刚结束的旅行去的地方就是尼泊尔。从上学时算起，我大概已经去过五次了吧。”

“五次？”翔二惊得瞪大双眼，“尼泊尔有那么吸引人？”

“是啊。我该怎么跟你说呢，那里就像是我的故乡。第一次——也就是大约十年前去的时候，我就有这种感觉了。”

“故乡……”

“我生在栗须，但是，并不是说那里与这里有多相似。怎么说呢？街道和自然景色……还有在那里生活的人们，让我觉得非常亲切。明明是第一次去，却让人萌生出一种‘啊，我回来了’的感觉。从那以后，只要有钱和时间，我都会去那里。”

占部的话，像魔法一样拨动了翔二的心弦。“故乡”“亲切的感觉”“我回来了”……他所描绘的这一切，都填补了翔二从昨天起就挥之不去的某种缺失感。

占部叼着烟移到被炉旁，伸手端起咖啡杯。

“所以每次去的时候，都能遇到面熟的人。这一点也让我觉得很奇妙。”

“面熟的人吗？”

“第一次去的时候，在某个村落漫步时遇到了一个人，酷似我故去的外公。外公一直和我们住在一起，在我上高中的时候去世了。当时那个长得和我外公一模一样的老人，正牵着牛从我对面走过来，我差点出声叫住他。”

“是吗？这次也碰到酷似的人了吗？”

“像我初中时的数学老师，是个我不太愿意想起的人。”

“说不定将来会碰到酷似自己的人呢。”

“有这个可能。”占部认真地点了点头。

“不过呢，翔二君，看到那些人让我觉得心情舒畅。”

“为什么啊？”

“虽然昨天对你讲了很多大道理，不过我在你这个年纪的时候，也是个有很多烦恼的人。”

“哦……”

“‘你只会一味地考虑自己的事情’，在我二十岁左右的时候吧，当时交往的女友也对我说过这句话。只会考虑自己的事情、没什么本事却自尊心过高，沉醉于肮脏的自恋之中……这些评价让我很烦恼，最后甚至到了自我憎恶的地步。那个时候总是怀疑自己是否可以为了他人而活。但是说白了，为他人而活的人其实才是最大的利己主义者，他们其实是在为自己而活。于是我试着转变思维，不管是谁，其实都是为自己而活，这是无可奈何的。就在那个时候，我去了尼泊尔……”

占部凝视着照片：“怎么说呢，应该说是得到救赎了吧。我如同回到故乡一般，感受着那份亲切和熟悉，看到酷似外公的老人，亲眼领略喜马拉雅山的巨大……”

占部像追逐梦想的少年那样眯起双眼，白色烟圈斜斜地升起。翔二目不转睛地盯着他的嘴角。

“我感觉到‘我’并不是一个人，这并非是指我不孤单，而是在这个世界的某处，肯定生活着与我‘存在形态’相同的人。无论是过去、现在还是将来，我始终是为‘我’而生，但在这个世界上，‘我’不止一个。从那时起，我超越了家庭和国家的界限，仿佛与全人类融合在一起……嗯，这个道理十分奇妙，连我自己都觉得似懂非懂。”

“是大彻大悟了吗？”

“怎么可能。”占部大幅地耸耸肩膀，“我仍然有很多烦恼，只是心境多少有些不同罢了。”

至此，翔二突然明白自己昨天在雨中遇见占部时所感觉到的

“似曾相识”到底是什么了。

他们两个人很像，不是指外貌、成长环境、爱好、经历等表层的东西，而是刚才占部说的“存在形态”，他们在这方面很相似，所以自己才会……

翔二把目光投向电视机上的照片，认真地说道：“我也想去看看。”

占部立即露出微笑回应他：“要和我一起去吗？不过，会是一场相当拮据的旅行哟。”

“我想去，请一定带我去。”

“好，约好了，别忘记约定哦。”

“我很期待这场旅行。”

5

之后两人越聊越投机，在房间里待了近两小时。占部看了看手表，然后双手按按胃，开口说道：“肚子饿了。”

“仔细想想，我起床后一点东西都没吃——你呢？”

“我是吃过午饭才过来的。”

“让我妈做点什么吃的吧，店里应该也闲下来了。”

两人出了平房，绕到前门走进“飞船”，此时只有柜台边上有一个客人，系着红色围裙的女店主正在清洗撤下来的餐具。

“辛苦了。”

占部向母亲招呼了一声，然后在里面的桌旁坐下。翔二也在同一张桌子旁坐下，与占部面对面。

“有什么吃的吗？”

“来了来了，欢迎光临。”

准备好水和湿毛巾，占部母亲——占部春海来到他们跟前。翔二惶恐地低头行礼：“谢谢。”

“我来介绍一下吧。”占部说，“这是津久见翔二君。”

“津久见先生？”她瞪圆了黑亮的眼睛，“那……”

“他是伸一君的弟弟，将来的博心会医院院长。”

这种听上去像是开玩笑似的话从占部的口中说出，翔二并不觉得讨厌。

“啊，这可真是……”

春海一面不停地眨眼，一面端详着翔二的脸。

“很难熬吧，突然发生那种事……”

“所幸有占部先生激励我，已经不要紧了。”

“来两杯咖啡，我要什锦三明治，翔二君你呢？”

“那我也一样。”

占部目送着母亲返回柜台的身影，抽起烟来。缕缕白烟伴随着香甜的味道升腾而起，透过白烟，翔二看到墙壁上贴着一张海报。

“流星马戏团再度献技！”

他不由得叫出声来：“世纪盛会！”

“阔别十五年重临栗须市盛大公演！”

占部察觉到翔二的视线，回头仰望那张海报。

“马戏团来过了吧？”翔二问。

“好像来过。九月二十日至二十三日吗？那时我已经离开日本了。”

“很热闹的。”听到二人的对话，春海在柜台内对他们说。

“直毅出发后没多久马戏团就来了，他们拜托我把那张海报贴在店里，所以就一直贴着。”

“这个马戏团在十五年前也来过吧？占部先生，你有印象吗？”

“啊，嗯。”

占部又仰头瞥了一眼海报。

“当时和朋友去看了，是在我高中一年级的时候，也是现在这个季节——一个让人感觉有点寒酸的小马戏团。最近马戏团是不是也大变样了啊？你以前也去看过吗？”

“我不太记得了。”

翔二咽下唾液，注视着墙上的海报。

这张海报的尺寸比昨天贴在电线杆上的那张要大很多，用外行气十足的美术字书写的广告词是一样的，不过字下面的插图图案完全不一样。画的是五个孩子手牵着手（……五个黑影），仰望着被红色和蓝色装饰得五彩缤纷的马戏团帐篷。

（……笑啦！）

（……笑啦！）

“……笑啦。”翔二不知不觉间吐出这句话。

“嗯？”占部皱起眉头。

“你说什么？”

“地藏菩萨……笑啦。”

“啊，白天听说的那句话？”

和三泽千寻通完电话后，记忆深处有什么在蠢蠢欲动？翔二最终也没能找出答案。不管如何聚精会神，都无法看清隐藏在马赛克下的画面，所以，对于占部“你怎么了”的询问，他也给不出一个确切的答案。但是，现在，部分记忆似乎已经复苏……

“是不是想起了什么？”占部镜片后的眼中隐隐发光。

占部仰头望着海报，轻声答道：“五个人……”

“欸？”

“五个人……有五个孩子。傍晚时分，被染红的天空……马戏团来了，从远处传来马戏团的音乐声。”

“是十五年前发生的事情吗？”

“应该是。”

“——然后呢？”

“‘地藏菩萨，笑啦’，能听到这个声音，是小孩子的声音。”

“这样啊，看来这句话很关键。”

占部狠狠地咬着香烟的过滤嘴：“知道那是什么事情吗？”

“……”

“说到‘地藏菩萨’，这座城市里有个叫地藏丘的地方，在搬到这里之前，我就住在那附近。会不会和那个地方有什么关联呢？”

“地藏丘……”

轻闭双眼，翔二在口中反复默念着这个名字，他对这个名字有点印象：“地藏丘上面现在是陵园。离你家也很近，你去过吗？”

“我应该去过。”

“哦……关于‘地藏菩萨’这个词，还有什么别的线索吗？”

“地藏……啊，我想起来了，哥哥他以前……”

望着占部凝视着自己的目光，翔二说：“你想想看，京都不是有个叫作‘地藏盆’的活动吗？大概在八月下旬的时候，町内会[①]将孩子们聚集在一起，在路上拉一条绳子禁止车辆出入，举行一些有奖抽签之类的活动。”

“嗯，那好像是只在京都举行的地方性活动。”

“是的。所以我初中去那边上学，第一次听说这个活动的时候，

---

① 町内会：日本社会基层民间组织，类似中国的居民委员会、社区组织。

还觉得很稀罕。而且我记得回到这边的时候曾经跟哥哥提起过这件事。然后……”

翔二把手掌贴在额头上回忆着。

“然后，哥哥露出非常吃惊的表情，用很可怕的眼神看着我，还冲我怒吼‘你想说什么’。”

“哦？”

“我当时吓了一大跳。我不知道哥哥为什么会有那样的反应。可是他马上又露出一副胆怯的神情——就是我上次说过的隐约有些卑怯的表情，对我说‘抱歉，没什么’。”

不知道为什么，对话在这里中断了。占部不停地抽着烟，而翔二又不知道该说些什么才好，只得大口吞着送上来的三明治。

十五年前的秋天，黄昏的天空笼罩下……

再一次仰望贴在墙上的海报，翔二拼命地搜寻着记忆。五个孩子——五个黑影，背景是昏暗的夕阳，那时……

想起来了，哥哥也在那里。翔二觉得，剩下的四人中的三人，会不会就是昨晚在餐馆遇到的那三个人？一之濑、榎田，还有畑中——那么，另一个人呢？另一个人到底是谁？

不是翔二，这一点毋庸置疑。十五年前——当时翔二只有四岁，总是缠在哥哥屁股后面。他们都不愿带着他玩，翔二只能在离他们稍远的地方，看着哥哥他们玩耍……所以……

（……笑啦！）

孩子们的声音传来，翔二不自觉地伸出右手，抚摩着脖颈左侧。

（地藏菩萨，笑啦……）

另一人是谁？

（……一起玩吧！）

当时在场的另一个人影……

（这个给你。）

“喂！”

占部突然声音嘶哑地叫嚷起来，打断了翔二的追忆。

“喂，翔二君，不好了。”

“啊？”翔二不解地看着占部。不知何时，占部已将三明治吃得一干二净，腿上摊开着今天的晚报。

“这篇报道。”

“畑中这个男人，我们昨晚遇见过这个人吧？二十四岁——年龄也对得上号。畑中志郎，汽车维修公司员工。”

“——没错。”翔二更加不解了，“那个人怎么了？”

“今天凌晨……”

占部用手指着报纸。

“报道上说畑中志郎被杀了，在他住处附近的停车场，头部受到击打致死。”

在暗红色天空的笼罩下，在被切成圆形的世界之中，现在……他们正在玩耍。

“地藏菩萨，笑啦！”

他们欢快地喊着，像在唱歌一样。

其中一个孩子——胖胖的男孩子——就是这次的“鬼”。在空地角落的树旁，他回头看了看分散着站立的其他四人。

“好了吗？”

得到“好了”的回答之后，胖男孩重新面朝树木，抬起一只手臂放在树干上，同时把脸贴在上面。

“地藏菩萨——”

四个红色的人影不安分地活动着。“——笑啦！”

静止在黄昏之时，临近破碎的刹那。

第六章　初现

1

“青年汽修工惨遭杀害”这个粗体字标题瞬间映入眼帘。

报道称，被害者名叫畑中志郎，二十四岁，是市内“K&M汽车维修公司”的职员，住在栗须市青芽沼町……他的住处与城西博心会医院在同一町。他在住处附近的月租停车场内被杀。

事件发现者是住在附近的公司职员，他的车子就停在同一个停车场内。发现时间是今晨五点半左右，此人正准备去钓鱼，在去开车的时候发现了遇害者的尸体。尸体头部有多处钝器击打所致的伤口，警方认为这是其直接死因。由于没有发现凶手图谋被害者财物的迹象，警方认定这是一起仇杀事件，并据此展开搜查……

在翔二读这篇报道的时候，占部离开了桌子，朝收银台旁的电话走去。他从皮夹克的口袋里掏出一个小记事本，一边翻页一边拿起话筒。

没过多久，占部返回桌旁："联系不上。"

说着，占部将已经空掉的烟盒捏成一团。

"昨天我说过吧？我认识一个叫武藤的警察，我给警察局打了电话，他现在出门了。或许这起事件是由他负责的。"

"这件事和哥哥的事件有关联吗？"

"不好说。"占部阴着脸，托着腮帮。

"总之，现在需要知道更详细的信息，晚上或许能联系上武藤……"

目光再次凝视手边的报纸，翔二回忆着昨晚见过的那个人——畑中志郎的模样。

肩膀结实，短发烫了卷，面色微黑，粗眉毛，吊梢小眼睛，鼻子下面蓄着少许胡须。态度和口气都相当粗鲁，是那三人之中看起来最沉着、最成熟的一个。谁能想到，两三个小时后那个男人就命丧黄泉……

细细一想，自记事以来，翔二从未有过身边至亲死去的经历。祖父母在翔二出生前就过世了，别说亲近的朋友了，就连亲戚之中也无人离世。可是……

哥哥，还有哥哥的朋友——两场死亡接踵而至。

翔二的心中出现一条地裂般的巨大裂缝。“死”这个字眼所代表的黑暗与寒冷，化作可怕的黑色雾气，缓缓从裂缝深处涌出。

翔二觉得口渴极了，拼命地大口大口灌完了杯里剩下的水，不知不觉吐出数声沉重的叹息。

占部拿走翔二手中的报纸，用可怕的眼神瞪着那条报道看了好一会儿。他重新打开一包香烟，抽完两三支之后，低声说道：

“这样啊。”

说完，他抬眼看着翔二：“我们现在要不要去药店？”

“药店？”

“一之濑药店。”

“啊……好。”

“和一之濑见个面，试探试探他。”

说着，占部将报纸叠起，从椅子上站了起来。

2

下午七点半，太阳落山，外面一片黑暗。

夜风拂来，感觉冷飕飕的，不知道什么时候又起了薄雾。来往的车辆都打开了车灯，黄色的雾光灯也混杂其中。

“走着去很快就到。”

占部说着，双手插进夹克口袋，快步走上人行道，翔二紧跟其后。

走了十分钟左右，转过公园东侧的道路，再向南走一会儿，药店就出现在眼前。墙壁雪白，窗户上镶着大块玻璃，“一之濑”字样的绿色灯光招牌闪烁着光芒，在愈渐浓厚的雾气中，似乎有些模糊。

入口的玻璃上写着营业时间至晚上十一点，营业到这么晚的药店，在这座地方城市里是很少见的。

“欢迎光临。”

随着自动门开启，一个呆板的女声通过扬声器传了出来。一位身穿白大褂、年过半百的男人从店内迎了出来。大概是一之濑的父亲吧，男人已经完全秃顶，和儿子一样，戴着一副黑框眼镜。

“哦，欢迎光临。”

男人爽快地招呼他们，看来他认识占部。

“我想起上次你母亲说头痛得厉害，不知道现在情况怎么样了？”

“托您的福，已经痊愈了。”

“那太好了。开咖啡馆各方面压力都很大，很不容易呀。”

真是个爱说话的老头，翔二有这种感觉。昨晚见过的一之濑给人一种阴郁且神经质的感觉，与他父亲完全不同。

“令郎在吗？”占部问。

“找史雄吗？他在啊，马上就轮到他来看店了，应该在里面。”

“我有些话要跟他说，能帮我叫他出来吗？”

“有话和史雄说？这还真是……”

店主有些疑惑地打量着占部的脸，接着瞥了一眼翔二。

“那小子闯了什么祸吗？”

“没有，不是什么大事。这位是……”

说着，占部用眼神示意翔二。

“他是翔二君，是前一阵子去世的津久见伸一君的弟弟。听说伸一君和令郎从小学起就是朋友，所以他想见一见令郎，询问一些哥哥的事情。”

“啊，原来是这样。请稍等。”

没过多久，一之濑史雄就出来了，一副无精打采的样子。当认出他们两人后，他大吃一惊，表情一下就僵了，胆怯似的声细如蚊：“什么事？”

接着他便回头对父亲说：“爸爸，这里没什么事了，您去歇着吧。”

“哎呀，是吗？那就交给你了。”

目送着父亲的身影消失之后，一之濑战战兢兢地转过身看着他们。

他重新戴好黑框眼镜，心神不宁地搓着瘦削的苍白脸庞说道：“你们有什么事？”

说话间还抬眼窥视着来客的表情。

“畑中君的事情，你已经知道了吗？”占部问。

“——嗯，知道了。”

一之濑逃避似的把目光移到一旁。

“傍晚有两个刑警来过了……”

“其实我们也想问一些这方面的问题，我们想了解一下，昨晚我们走后，你们又在餐馆里待了多长时间？”

占部凝视着对方的眼睛开始发问，口气虽然柔和，目光却很锐利。

“三十分钟左右吧。”一之濑轻声答道。

“畑中君也是吗？”

“不，他比我们稍早一些离开的。”

“哦……刑警有没有询问你的不在场证明之类的？”

“大体上都问了，可是我什么也没做……”

“为什么畑中君会被杀？又是被何人所杀？你有什么线索吗？”

“没有。”一之濑轻轻地摇了摇头。

“你们三人经常见面吗？”

“和畑中有好几年没见了，和榎田也好久没见了。”

“是吗？那为什么你们会突然聚在一起呢？”

听到占部的提问，一之濑一直搓脸颊的手猛地停住了。

“和前一阵子伸一君的去世有什么关联吗？”

“……”

“昨天你好像在伸一君住过的公寓附近出现过，听说你目不转睛地仰望着他房间的阳台。”

一之濑满脸惊讶地说：“这……”

占部打断了他的话：“当时翔二正好在阳台，他说看到你了。”

“啊……”

伴随着虚弱的叹息，一之濑垂下肩膀，又开始揉搓脸颊。

“我去那边办事，刚好路过那里而已。会看阳台也是因为想起津久见君就是从那里掉下来的，所以……”

“你和伸一君经常见面吗？”

“……偶尔会见面。”

“你真的认为他的死是醉酒后失足所致吗？”

一之濑一言不发，无力地垂着头。

占部觉得扫兴般地耸耸肩膀，随即朝翔二使了个眼色：“你有没有什么想问的？”

翔二老老实实地点点头，向前迈了一步。

“你似乎参加了哥哥的葬礼，谢谢你百忙之中抽空前来。”

“啊……不用谢。”一之濑边回答边抬眼瞥了翔二一眼。

“我也有些问题想问你。第一个问题——一之濑先生，‘地藏菩萨，笑啦’这句话你知道吗？”翔二问。

一之濑一听，顿时慌了手脚，苍白的脸更是没了血色，薄薄的嘴角开始抽搐。与其说是狼狈，倒不如说是在强烈恐惧感的驱使下，他才会露出这种表情。

“能听到我说话吗？”翔二进一步追问，“‘地藏菩萨，笑啦’……说这句话的是小孩子的声音，我听到过，但想不起这句话的意思了。我想那大概是十五年前吧，马戏团来这里的时候……时间是黄昏时分，地点是某个宽阔的空地，有五个孩子在那里玩耍，其中一人是家兄。我那时候还小，家兄都不带我玩。”

“……”

“一之濑先生，你当时也经常和家兄一起玩吧。你还记得吗？当时究竟……”

“不知道，我什么都不知道。”一之濑反复地摇着头，“十五年前……都过了那么久，我一点印象都没了。”

“真的吗？”

“我说不知道就是不知道。”

“是吗？那好吧，第二个问题——”翔二继续询问。

“我听说大概两个星期前，有古怪的电话打到家兄住的地方。关于这件事，你听家兄说起过吗？”

“古怪的电话？”

“是的。听说电话总是在半夜打过来，说完‘一起玩吧’‘你没有忘记吧’之类的话就立刻挂断。”

“难道……”

用几近消失般的声音嘟囔着，一之濑露出胆怯的目光，视线在翔二胸口附近游移。

“那电话是谁打的？”

“不知道。哥哥好像很在意——似乎又很害怕，一之濑先生知道些什么吗……”

“请回去吧。”

一侧太阳穴不停地抽动着，一之濑突然提高了音量。

“我什么都不知道。我什么都不记得，跟我一点关系也没有，不要再问了……”

占部用不容分说的强硬语气插话道：“我还有最后一个问题，能不能让我问完？”

“据说，五天前事件发生之后，有一枚五十钱的硬币掉落在伸一君的房间内，是一枚银币，比一百日元的硬币大上一圈。对此你有什么线索吗？”

“五十钱？怎么可能……”

一之濑脸上的恐怖之色越发浓重，他再次不停地摇头，进一步拔高嗓音地恳求道：“我不知道，真的，我什么都不知道。够了，请回吧，请你们回去吧。”

3

外面的雾气明显比刚才更加浓重，这座城市很少出现这么浓的雾，至少对翔二来说，见过的次数屈指可数。

雾气就像是从对面公园繁茂的森林中源源不断地涌出一般。昨晚翔二一人待过的广场被雾气笼罩，形成一个深不见底的沼泽……雾气包围着夜晚的城市，不停涌动的姿态显得妖媚而又蛊惑，以至于让人产生这种天马行空的幻想。

“一副不堪重负的样子。”占部边走边说。

“我是说一之濑的反应，他脸色惨白，张皇失措，到底想隐瞒什么秘密呢。”

一之濑大喊着“我什么也不知道”“回去”，那副神情和哥哥生前对自己露出的胆怯目光，还有暗藏着些许卑怯阴影的笑容重叠在一起。

翔二觉得，一之濑和哥哥肯定怀着相同的“秘密”，今晨被杀害的畑中志郎和名叫榎田的胖男人也是如此。而且，那个“秘密”会不会就隐藏在十五年前自己亲眼看到的黄昏风景中呢？

（在暗红色天空的笼罩下……）

（五个孩子……）

四周弥漫的雾气化作一块屏幕，翔二试着让记忆深处若隐若现的那些人影映出在这块屏幕上。

（五个黑色的人影……）

看到一个胖胖的身影。在被切成圆形的世界一角，站在一棵大树旁，这是榎田吧。还有……

一个瘦削的身影。

一个头比较大的身影。

一个又高又瘦的身影。

翔二想，那个瘦削的身影就是哥哥吧，戴着眼镜的大头是一之濑，高个子的是畑中。

三个人影分散地站在空地上，面朝站在树旁的胖男孩。而且，在他们身后……

（……还有一个孩子。）

啪。

“啪”……水滴的声音，放在脖颈上的右手。

（那是……）

“看来就算去拜访榎田也会是这样，你觉得呢？”占部的声音让翔二回过神来。

“我倒是知道他的电话号码。”

“你什么时候查到的？”

“就在今天，在伸一君的房间里，那个电话簿上写着呢。”

“啊，原来如此。”

“今天的雾真大啊，看来最好还是不要兜风了。”

两人返回“飞船”时，已是晚上八点零几分了。刚打开店门，占部便吃惊似的“哦”了一声，随即停下了脚步。

“哟，回来啦。”

一个有力的粗嗓音传来。一个穿着灰色西装的男人正坐在里面的桌子旁，举手向他们示意。

“他刚刚才来。”柜台内的春海说。

“太好了，正巧你回来了。”

“你给我打电话了吧？”男人说，“那之后没多久我就回署里了。今天的工作已经结束，回家路上我顺道过来看看。那边那位可是津久见伸一的弟弟？刚才令堂告诉我的。”

“是津久见翔二君。”

占部向他介绍翔二，接着向翔二介绍桌边的男人：“这是武藤秀法，就是我说过的那位刑警先生。”

“幸会，我是津久见。”

“哟，幸会幸会。”

武藤抬起右手，伸直手指，指尖贴在太阳穴上，摆出敬礼似的姿势，这和翔二心中的“刑警”形象相差悬殊。这位刑警长着一张娃娃脸，圆圆的眼睛很是顺眼，溜肩膀，体格不是很壮硕，圆滚滚的，感觉像一头小熊。

占部和翔二并排在桌旁坐下后，武藤抚弄着稀疏的胡须，说道：“你们去一之濑药店了吗？去见那家的儿子了吗？”

“嗯，算是吧。”

“他好像有所隐瞒，不过那个人怎么看都不像是会杀人的人。我想近期再会会他，套套他的话。”

一之濑说有两个刑警曾来问过话，看来其中一个就是眼前这个男人。

“你去过榎田胜巳家了吗？”

听到占部的询问，武藤立即答道：“当然去过了，那家伙也是一副战战兢兢的样子，那种人当初中老师真让人不放心。”

“你怎么知道昨晚那三人见面了？”

“你可别小瞧我们警察，这种程度的搜查能力我们署的警察还是有的。我倒要问你，你是怎么知道的？”

占部向他说明昨晚碰到他们三人的事情后，武藤点点头表示明白。他伸手拿起桌子上的杯子，啜了一口咖啡之后，眯起圆圆的眼睛凝视着占部。

“然后呢？你特意打电话到署里，是有什么事吗？是想询问畑中志郎的案件吗？”

“没错。”占部拢起垂落到额前的头发。

“被杀害的畑中，和一之濑还有榎田——他们都是前一阵子去世的津久见伸一的朋友。”

“这我知道。”

“如果说是巧合也太匪夷所思了吧？我想知道今晨事件的具

体情况。”

“一起单纯的谋杀事件。畑中被铁管之类的钝器多次击打头部，似乎是在下车后给车子盖好防护罩之后遭到袭击的。现场没有发现凶器。”武藤痛快地说道。

“听说也没有财物被盗的迹象？”

“嗯,死者装有数万现金和现金卡的钱包还在夹克衫口袋里。”

“案发时间呢？”

“凌晨三点半到五点半。”

“是吗？那其他两人在那段时间里有不在场证明吗？”

“不好说。畑中回去之后，那两人在三点半左右离开了餐馆，这和餐馆员工的证言一致。出了餐馆之后，一之濑先开车把榎田送回了家。一之濑说他到家的时间是凌晨四点半多。我觉得那两人应该跟这件事没有什么直接联系。”

“报纸上说凶手的杀人动机是复仇，在这方面有没有什么线索？”

“暂时还没有。”武藤皱起八字眉。

“畑中这个男人虽然最近几年工作很认真，但他过去干过不少坏事。”

“什么意思？”

“高中退学之后，他当过暴走族之类的混混，干的都是些没什么新意的坏事，还进过警察局。会不会是因为当时结下的怨仇导致他这次遭袭？我们目前正朝这个方向调查……”

“这个方向不对吗？”

“是啊。”

武藤将双肘支在桌子上探出身子，凑近他们的脸。“照例说这是机密，津久见君也要注意，别随便外传。”

“啊，是。”翔二慌忙点头，“我明白，我不会告诉任何人的。”

“他你就不用担心啦。”占部补充了一句。

“然后呢？有什么说不通的地方？”

武藤略微压低声音：“实际上……”

“现场掉落了一个可疑物品，就在尸体旁边。”

“可疑物品？”

占部用手推推镜框，道：“难道是……”

“正如你所想。”

“是硬币吗？”

“对，是一枚硬币，和掉落在津久见伸一房间的硬币种类一样，只是发行年份不同。”

（……这个给你！）

翔二倒吸一口冷气，惊吓之余再次伸出右手摩挲脖颈左侧。

（这个给你！）

“是五十钱银币吗？”

占部低声嘟囔着。他摘下眼镜，拿起一张桌上备好的纸巾，边擦拭镜片上的污垢边说:“那枚硬币上有指纹吗?”

“只检验出烟中的指纹。顺便告诉你们,在烟中住的公寓里,也没有发现那种古钱币。”

“也就是说,两起事件果然有某种联系?”

“按照常理推测的确是这样。但是,因为上次的‘事件’情况特殊,高层那些家伙说不定正为如何处理这次案件发愁呢。”

“我想也是。”

附和一声之后,占部用担心的眼神瞥着坐在旁边的翔二,翔二呆呆地摇了摇头。武藤饶有兴趣地望着这一幕,然后从发黄的白衬衫胸前口袋里掏出戒烟烟斗,叼在嘴上。

“怎么回事,你戒烟了?”

“这已经是今年第五次戒烟了,最近法代总是嚷着让我戒烟。”

“是吗?我都不知道,阿法[1]怎么也开始说这种不通人情的话了。”

(什么?)

翔二大吃一惊,肩膀颤抖不已。他一时之间也不知道自己为什么会有这种反应。

(——阿典?)

对了,是这个名字。刚才,听到“阿典”这个名字,他心里产生了某种反应。这是——这个名字是……

① 阿法:日语中此处的“法”和“典”读音相同,所以翔二把“阿法”听成了“阿典”。

“好像是由于她们学校那个正在推动禁烟运动的教授，听说吸烟的学生不给学分。”

“真没想到还有这种教授，干脆捏造个罪名逮捕他得了。”

“喂喂，少胡说。”

“那个……武藤先生。”翔二插嘴。

“请问，你所说的阿典是……”

“嗯？哦，是我妹妹。名字叫法代，大家都叫她阿法。”

“是令妹啊。”

“虽说比我小很多，不过也已二十一岁了。”

“令妹就读哪所学校？”

“相里的女子大学，虽然由我这个当哥哥的来说可信度不高，但我妹妹真是个美女哦。”

武藤笑着弯起嘴唇，用手指在鼻子下面来回摩擦。

“要是你真心想和她交往，我可以帮你引荐。你是博心会医院的继承人，想必她也没意见。”

“不，我并没有那种想法。”

“开玩笑啦。”

武藤刑警好像很开心似的哈哈大笑。笑声回荡在没有其他客人的店内，不知为什么，在翔二听来，这笑声有一种欲盖弥彰的感觉。

4

武藤刑警离去之后，占部向翔二提议："我们现在要不要去地藏丘看看？"

翔二表示赞同。"地藏菩萨"与"地藏丘"中的"地藏"一词吻合，而且他还记得自己以前曾被哥哥带到那个地方玩耍过。

晚上十点不到，两人乘上摩托车，疾驰在雾气茫茫的夜路上。占部小心地驾驶着摩托车。此刻雾气浓厚，他们简直就像在布满烟雾的隧道中奔驰。尽管已经打开雾灯，但是最多也只能看清前方五六米的路况。每当乳白色的帷幕中突然闪现出缓缓前行的汽车尾灯，占部便会因吃惊而全身用力。不知不觉间头盔上的防护罩已被细细的水珠打湿。

摩托车穿过翔二家所在的阿瓦多町后不久，爬上一个缓坡，雾气也比先前略微稀薄，但依然看不清周围的景色，偶尔会看见沿路而建的民宅，仅凭这些民宅透出的光线，翔二完全无法分辨出儿时是否走过这条路。

"马上就到了。"占部的声音传来。

"说是山丘，其实也没多高，小孩都能跑上去。"

摩托车继续向前行驶，雾气随之逐渐地向后退去，待雾气完全消失，他们到达了一个类似小广场的地方。

广场被稀稀疏疏的杂木林围绕着，荒凉萧瑟——也许说是空地更为贴切。在道旁稀稀落落的路灯和夜空洒下的星光映衬下，这片空地显得有些灰白。

“这里就是地藏丘。”说着，占部关掉引擎。前灯灯光熄灭后，夜色似乎显得更加浓重。

“沿着那道坡一直往上走，走到头就能看到一座小小的陵园。听说曾经有家建设公司计划把这一带开发成住宅区，后来因为公司运营方面的问题，计划也中止了。”

“这个地名的由来是什么呢？是因为有地藏菩萨吗？”

“以前可能有吧，现在就不知道了。”

占部摆出一副若有所思的模样，跨在摩托车上抱着胳膊。翔二从双人座上下来，一边大幅地伸展着身体，一边仰望天空，夜空中猎户星座的形状清晰可见。

“走一走吧。”

“好。”

占部摘下头盔放在车座上，也从摩托车上下来，拿出事先准备好的小型手电筒照亮脚下的路。两人踩着覆盖在地面上的杂草，缓缓前行。

在空地边缘有一处地方，可以透过树林的缝隙俯瞰整座城市。他们两人并排站在那里，聆听着黑暗中传来的秋虫鸣叫声，默默地眺望着夜景。

此刻，整个城市完全笼罩在雾气之中，有如幻象一般。在美丽星空的映衬下，整座城市透着朦朦胧胧的昏暗光芒，看上去宛如一个即将羽化的巨大蚕茧。

“你能想起什么吗？”过了一会儿，占部发问。翔二抿着嘴缓缓摇头，转过身去。

——就在这时。

“啊！”

空地一角有一个黑影像被杂草埋住似的横躺在地上，翔二看到后不禁轻声叫了起来。

“那是……”

“嗯？”

占部转身用手电筒照亮那个地方。

“——是水泥管吗？可能是当时计划建住宅时遗留下来的。这东西你见过吗？”

“……”翔二摇摇晃晃地朝那根水泥管走去。

“喂！”占部边喊边追了过去，“小心脚下！”

那是一根直径一米多的粗水泥管，看起来相当老旧，布满了裂痕和损坏后留下的窟窿。

（被切成圆形……）

有一瞬间翔二感觉自己的意识脱离了现实，但下一瞬间，他就像被肉眼看不到的东西操纵着一般钻进水泥管中。

冰冷潮湿的触感。冷飕飕的凝重空气中，混杂着泥土、草和苔藓的味道。他用手触摸了一下，水泥管内壁滑溜溜的。虫子们被不速之客吓得四处逃散，发出窸窸窣窣的响声。

翔二环抱着膝盖蜷缩起身体，朝外望去。世界就在那里，被切成圆形。

(——就是这里。)

翔二将下巴搁在膝盖上，屏息静气，凝神细看，侧耳倾听。

(那个时候，我……)

(就在这里，像这样……)

意识再次脱离现实。视野开始模糊扭曲，像被泼上颜料般变得一片漆黑，十五年前那个秋日里暗红色的风景随后缓缓呈现在眼前。

“……笑啦！”小孩子的声音。

“地藏菩萨，笑啦！”

五个黑色的人影嬉戏着。从遥远的地方——山丘下传来微弱的声音，音调有些凌乱，那是马戏团乐队演奏的音乐……

在被水泥管的边缘切成圆形的世界左端，一个“胖男孩”站在大树旁。

他现在是“鬼”。

在他右侧，孩子们四下散开，四个黑影一动也不动地各自摆着不同的姿势，仿佛时间已经静止。一个瘦子、一个大头、一个高个。还有一个，他戴着红色的棒球帽，穿着略显肥大的衣服。

“好了吗？”

“鬼”回头问那四个孩子。

“好了。”孩子们答道。胖男孩重新面朝大树，抬起一只手臂放在树干上，同时把脸贴在上面……

“地藏菩萨——”

孩子们欢快地喊着，像在唱歌一样。“——笑啦。”

其间，四人缓缓地朝“鬼”的方向移动，“地藏菩萨，笑啦——”的话音刚落，“鬼”便回过头去，四人顿时站在原地纹丝不动，紧接着脸上露出笑容。

“阿典动了。”“鬼”指出。

在最后面——“世界”的右端——戴着棒球帽的阿典站在那里，依然保持着不自然的动作，身体紧绷。

“怎么又是你！”不知是谁抱怨着，“你怎么这么笨。”

“笨蛋！”

“蠢死了！”

“不让你玩了。”

孩子们以多欺少，都在指责他。

“就算停下来，也得露出笑容。喂，笑一个啊。”

“笑啊。”

“笑啊……”

啪。

“啪嗒”……的声音在耳畔响起。冰冷的水珠从水泥管顶部滴落，打在脖颈左侧。翔二目不转睛地看着被切成圆形的世界，一面抬起右手摩挲着被濡湿的脖子。

（啊，这是……）

“重新再来！”

“这次要好好表现啊。”

“不然就不让你玩了。听懂了没？”

五个人影嬉戏着。在山丘高处陡坡的对面，一辆脏兮兮的小型卡车停在坡道中央……

“啪”的水声再次响起。翔二右手反射性地抚摩着上脖颈，不安和恐惧在心底扩散开来，他开始觉得呼吸困难。

（……不行！）

“地藏菩萨——”

孩子们欢快地喊着，像在唱歌一样。“——笑啦！”

（不行啊，哥哥……）

“翔二君？”

不知从何处传来呼唤自己的声音。马戏团的音乐声消失了，黄昏的天空变成了刺眼的手电筒灯光。

“喂，翔二君，你怎么了？”

“……欸？”

“你没事吧？不能睡在这里啊。”

“啊，占部先生。”

翔二用力眨了眨眼，反复做了几次深呼吸：“我……”

“吓死我了。你突然钻进水泥管，而且一句话都不说。”

“我，刚才……”

“怎么了？想起什么了吗？”

“……嗯，想起一些东西。”

翔二慢慢地从水泥管里爬出来，使劲踩了踩地面，像在确认是否已回到“现实”。冰冷的晚风拂过脸颊，翔二掸掉裤子上的脏污，抬起头望着一脸疑问注视着自己的占部。

5

“以前，有个名字叫‘阿典’的男孩子。”慎重地回忆着浮现出的记忆，翔二开始讲述。

“大家都欺负他。一开始大家都排斥他，他总是被人欺负，没有人愿意跟他一起玩。不过，自从那孩子拿来一件稀罕的东西后，作为交换，大家开始带他一起玩了。”

“稀罕的东西？”

占部敏锐地皱起眉头：“难道是……”

一阵酷似恶寒的颤抖蹿过翔二背部，他双臂交叉着抱住自己的肩膀：“是过去的硬币。”

“——五十钱银币？”

“我想是的……那个孩子说那是他偷偷从家里拿出来的，他每次都会带来一枚硬币，说‘这个给你，让我玩吧’。”

“阿典……啊！”占部小声嘟囔着。

他把手电筒夹在腋下，从口袋中掏出香烟并点燃。

“是吗？所以刚才你才会询问武藤妹妹的名字。”

“……是的。”

“不知道是个什么样的孩子。姓氏和准确的姓名你不记得了吗？”

“我只记得‘阿典’这个称呼。”

翔二用大拇指按压太阳穴：“不知道他是谁家的孩子，也不知道他的真实姓名叫什么。他戴着红色的棒球帽，很纤弱，动作看起来不怎么灵活。”

拼命回忆却只能想起这么多，连他的长相都记不起来，翔二只记得幼时的自己对“阿典”似乎有这样一种印象：他和普通的孩子不一样，让人感觉有些阴森。但看着他被大家欺负，又觉得他很可怜。

“还有呢？”占部催促翔二说下去。

翔二继续用大拇指按压太阳穴，将记忆化作语言吐露出来。

“‘地藏菩萨，笑啦’，这句话似乎是游戏的名字。哥哥他们经常玩这个游戏，游戏场地是这片空地或者公园。因为我那时还小，只能在旁边看着……我钻进堆在这里的其中一根水泥管里，在水泥管里面看着他们五人玩。五人包括哥哥，那三个人——一之濑先生、榎田先生和畑中先生，还有那个叫阿典的孩子。”

“是什么样的游戏？”

“有一个人当‘鬼’，站在树旁，每当说完‘地藏菩萨，笑啦’这句话，‘鬼’就会回头看。游戏期间其他人不断地接近‘鬼’，在‘鬼’回头的时候停在原地。如果有谁动了，被‘鬼’发现的话，就算出局，会被‘鬼’抓去……”

“是‘不倒翁倒了’游戏吗？”

“嗯，差不多。”

“我还真不知道这种有地方特色的玩法，我小时候玩的是‘不倒翁倒了’。”

翔二思量，“地藏菩萨，笑啦”这句话的由来大概因为这座山丘的名字，是哥哥他们那一代的当地孩子们独创的一种玩法。难怪占部和三泽千寻不知道这句话的意思。

“有一个地方和‘不倒翁倒了’不一样。游戏规则规定，在‘鬼’回头，大家停在原地的时候，必须保持笑容。”

“笑容？”

“露出笑容，纹丝不动。”

“……”

“可是，那个被欺负的阿典，该怎么说呢，他总是不得要领。要么没有迅速停止动作，要么就算停下来，他的身体也会有所摇动，而且他还总是忘记露出笑容。就是因为这样，总被大家欺负……”

“——然后呢？”

“我记得发生了一件事——一件很重要的事。”

“在这片空地上吗？”

“应该是。但是——啊，我不敢肯定，也许是在别的地方。”

“什么重要的事？”

“这……”翔二答不上来。

重要的事，可怕的事——他只有这种模糊的印象。五个人边喊“地藏菩萨，笑啦”边玩耍，阿典总是被欺负，后来到底发生了什么事情呢？越是想回忆起来，就越不让他如愿以偿，硬是把那部分记忆封进不透明的壳中。

心脏因恐惧而缩成一团。他害怕想起那一切——是这样吗？

翔二背靠着水泥管的边缘，一边深深地呼吸着夜晚的空气，一边眺望着昏暗的空地。

斜前方有一个陡坡，翔二记得那个陡坡——啊，想起来了。当时那个陡坡中间停着一辆卡车……

（……危险！）

强烈的恐惧从心底翻涌上来。

（危险啊！）

突然间，就像唱片跳针一样，浮现在心中的画面被切换。

……惊慌失措的孩子们。直到刚才为止还残酷地“欺负别人”的兴致消失得无影无踪，有的孩子在低声抽泣，有的孩子傻傻地张着嘴呆若木鸡，还有的孩子瘫坐在地上。这些孩子之中，看不到他——阿典的身影。

“不要告诉任何人。”

“听好了，翔二，绝对不要告诉任何人，也不能跟爸爸妈妈说。这是我们的秘密，你听懂了吧？”

恐惧、不安、困惑，还有笼罩着整个世界的异样崩溃感……黄昏的天空迅速向夜晚过渡，他们在那里立下了“保密誓言”。他们约定，今天发生的事情，要一辈子锁在每个人的心里，不得对外人说出。接着他们逃离了那个地方。难以消除的罪恶感不断地折磨着他们。

“占部先生。”

翔二抱着头，呼唤着年长朋友的名字。“占部先生，我——我们……”

“好冷。”

压低声音说完这句话，占部重新握住手电筒。“我们该离开这里了吧？”

“交易”达成之后，他和他们之间的基本关系依然没有改变。他带来的稀奇硬币让他们很开心，但是，就算五人在一起玩耍，他们依然“攻击”他。肤浅的嘲笑。

戏谑般的悲鸣。残酷的骂声……

他依然是那么笨拙，仍然用天真烂漫的笑容将这一切全盘接受。今天五人也在一起玩耍。

“地藏菩萨，笑啦！”

在昏暗天空的笼罩下，孩子们的声音响彻四周。“地藏菩萨，笑啦……”

在被切成圆形的世界之中，孩子们嬉戏着，完全没有预料到崩溃的时刻即将来临。

第七章　恐惧

1

不知这是今天的第几个客人，客人离开后，店内终于空无一人。现在是晚上十点多，离打烊不到一小时了。父母应该都已经洗完澡，在起居室悠闲地看着电视了。

一之濑史雄在收银台里的椅子上坐下，随即从白大褂口袋里掏出一张折得很整齐的纸片。他轻轻地把手伸向电话，按下了写在纸片上的电话号码——榎田胜巳的电话号码。

“你好，请问是哪位？”

电话那头传来一个女人嘶哑的声音，是榎田的祖母。

一之濑报上姓名后，她立即回应道：“啊，好的好的。”

“是泰则的朋友吧？”

泰则是榎田的弟弟。

“不是的，请您让胜巳先生来接电话。”

“啊，好的。是胜巳学校的学生吗？”

“不，不是……”

前不久往榎田家打电话时，他家祖母也是这样问道，看来脑子糊涂得相当厉害。想象着这个素未谋面的老婆婆的面容，一之濑的心情变得很沉重。

片刻后，榎田终于接起了电话。“是我，一之濑。”他低声说。

榎田也拼命压低平常一直很响亮的声音：“我还在犹豫要不要给你打电话呢，听说畑中不知被什么人给杀了……”

“我知道。午间新闻报道了，傍晚刑警还找上门来了。”

“刑警也来我家了。”

“你没说什么不该说的吧？”

“这个嘛……”榎田吞吞吐吐得令人心焦。

“我真不敢相信畑中在那之后就被杀了，这究竟是……”

“刑警看起来像是在怀疑我们吗？”

“刑警吗？”

“对。”

“谁知道呢。刑警虽然对我们昨晚在餐馆见面时的事情刨根问底，不过感觉也不像是在怀疑我们。”

“我们三人见面的理由，你是怎么回答的？”

“随便敷衍了一下，说好久没见了，一起喝个茶。我不该这么说吗？”

“……”

“除此之外，我不知道该怎么回答。”

“嗯，倒也是……还说了什么呢？”

“也没什么了……我还说了畑中以前干过不少坏事，是不是因为那些事才被杀的。”

“是吗？”

一之濑回忆着傍晚造访的刑警二人组的模样，重重地叹了口气。没错，至少当前刑警没有怀疑他们是杀害畑中的凶手。

可是……

“今天晚上，那个叫占部的男人和翔二君到店里来了。他们有没有去你那里？”

“没有……他们怎么会去找你？”

“好像在到处打探津久见的事情。”

“占部先生和翔二君？那翔二君对那天的事情……”

“似乎还没想起来，只是问了我‘地藏菩萨，笑啦’这句话是什么意思。”

一之濑后悔极了，当时真不该那样张皇失措，应该更加冷静地应对才是。要是知道他们会来问那种问题，就可以用更自然一点的态度掩饰过去了。

“还有，你知道吗？有人往津久见住的地方打过古怪的电话，说什么‘一起玩吧’‘你没有忘记吧’之类的。”

“什么？究竟是谁……”

“不知道。”

“……”

“还不只这些。硬币——有一枚硬币掉在津久见的房间里，是过去的五十钱银币。”

“你是说津久见现在还保存着十五年前——那个时候的硬币？”

“怎么可能！那家伙怎么可能小心翼翼地保存着那种东西，应该早就扔掉了。”

“那……”

一之濑缓缓地咽了口吐沫，把声音压得更低了。

“果然是被什么人给杀掉的。硬币肯定也是凶手掉的。”

榎田发出一声微弱的惨叫，颤抖着声音说：“怎么会，怎么会？”

“如此说来，难道畑中也是……？”

“……有可能。”

“谁？到底是谁……”

耳边传来榎田胆怯、狼狈的喘息声。

过了一会儿，榎田用一副带着哭腔的声音说：“是复仇。”

“肯定是那家伙来复仇了，他打算报仇雪恨。”

“慢着！”

一之濑打断了榎田的话。

“冷静下来仔细想一想，那是不可能的吧。”

“说不定那家伙还活着。因为当时谁也没去确认他到底怎么样了，把他丢下就跑了。”

“但是……”

“欢迎光临。”

就在这时，入口处扬声器的声音传了过来。

“啊，有客人来了。”

一之濑从椅子上站起身来。一边瞟着刚进店的客人，一边说：“电话里说不清楚，等会儿我们见个面吧，找个没人的地方详谈。”

“是不是干脆向警察坦白比较好啊？”

“我们先谈一谈吧，包括这件事。”

“嗯。不过要是等会儿见面的话，我又得半夜出门。”

“不方便出来吗？”

“不能在外面待到太晚……昨晚就惹祖母生气了。”

“你都多大了啊。你不是学校的老师吗？”

“说这些有什么用。”

“总之，今晚见个面吧，等我把店收拾完毕……让我想一想，十二点半怎么样？我开车去你家附近，就在五之谷公交车站前面碰面吧。我把车停在那里等你，你偷偷溜出来。”

“……好吧。”

“那好，十二点半见。”

挂了电话后，一之濑马上转向客人的方向，用毫无感情色彩的声音说了句“欢迎光临”，和入口处自动装置发出的声音没什么区别。

2

离开地藏丘后，占部和翔二穿过浓雾笼罩的街道，和昨晚一样，开往国道附近的那家家庭餐馆。

翔二坐在摩托车后座，紧紧搂住占部的身体，脑子里充满了对十五年前那件事的疑问。他虽然回忆起了部分内容，但最关键的部分依然没有任何头绪。他甚至有一种挥之不去的感觉，仿佛弥漫四周的雾气流入心中，形成了一道屏障。

现在已经弄明白“地藏菩萨，笑啦”是什么意思，还知道了五十钱银币所包含的意义，“阿典”这个称谓也没有弄错。

那么，当时在那个地方，究竟发生了什么事情？哥哥嘱咐自己的那句“绝对不要告诉任何人”，究竟是……

“感觉真相渐渐浮出水面了。”

和昨晚不同，店里空荡荡的。点完餐后，占部细细回味般地开口道，他的表情从来没有这么严肃过。

"'一起玩吧''你没有忘记吧'的神秘电话让伸一君很害怕。他死于非命，现场还掉落了一枚古旧硬币。十五年前和他一起玩耍的伙伴们久违地聚在一起，深夜时分在这家餐馆聊天，他们似乎怀着一个不想让别人知道的秘密。聚会之后不久，三人中的一人——畑中被杀害了，案发现场也掉落了一枚古旧硬币。"

仔细聆听着占部梳理事件经过，翔二透过遮挡内心视野的浓雾，看到一个模糊的巨大黑影。

（啊……这是？）

"而且——以前有个名叫阿典的孩子，总是被他们四人欺负。你虽然记得当时发生了可怕的事情，但是……"

这是……对了，是卡车的影子。停在与山丘相连的上坡中间，是一辆脏兮兮的小型卡车。

跨越十五年时光，强烈的恐惧再一次从心底涌出，翔二拼命地压抑着——

为了不让"场景"像刚才那样消失，翔二把注意力集中在隐藏在雾中的那个黑影上。

"——卡车。"

梦呓般的低语。黑影突然大幅地摇晃起来，接着缓缓地开始朝这边靠近。

（……危险！）

“卡车，啊，朝这边来了……”

（危险啊！）

“什么？”占部挑起眉毛问道。

翔二用两只手捂住脸，小声喊着“危险”，同时身体后仰。膝盖碰到桌子的底部，像浸入水中的玻璃一样响起刺耳的声音。

“喂，翔二君？”占部轻轻地敲着桌子呼唤翔二，“冷静点，翔二君。”

“啊，对不起，我……”

翔二用手扶着额头，慢慢地摇摇头。送咖啡的服务员用怀疑的目光俯视着他们。

“又想起什么来了吗？”喝了一口端过来的咖啡后，占部说。

翔二“嗯”了一声，微微点了点头。“想起一点。”

“说说看。”

“卡车——有一辆卡车停在坡道中央，不知为什么突然动了起来。卡车顺着坡道向后倒退，然后那个孩子——阿典被卡车轧到了。”

“被卡车轧到……”

“阿典肯定逃不开。因为当时在玩‘地藏菩萨’，正是‘鬼’回头大家必须停止动作的时候，所以阿典不能动。如果动了的话，又会被大家嘲笑。”

占部神情严厉地皱起眉头，翔二垂下肩膀把目光移开，不去看他的脸。

“当时发生了那么严重的事故……哥哥他们知道自己闯了大祸，所以没告诉任何人就逃回家了。而我似乎是从头到尾目睹了那一幕……”

自那之后，十五年来，哥哥始终背负着当时那段噩梦般的记忆，一直被罪恶感所折磨，不敢正视目睹了他们“罪行”的翔二的目光。

所以，在面对翔二时，哥哥的表情中总是暗藏着卑怯的阴影。或许正是由于背负着无法磨灭的罪恶感，他才会拒绝从事救死扶伤的医生职业。“我没有当医生的资格。”他对自己下了这样的判决。

而翔二对于四岁时目睹的那件事，无法正确理解其中的含义，一味地听从哥哥“不要告诉任何人”的叮嘱。随着时间的流逝，翔二的大脑已经把那件事归类为儿时的一个“噩梦”，埋葬在记忆深处。

但伸一既不可能窥视翔二的内心想法，也不可能去问长大后的弟弟还记不记得当时的事情，所以他总是很害怕弟弟的视线。翔二总算明白当他说起京都地藏盆的话题时，哥哥为什么会朝他怒吼了。那是因为在他听来，翔二的话中含有对过去那件事的讽刺……

“如果那场事故真的发生过。”

翔二用深呼吸平静着骚动不已的心，不再去回想过去，而是重新面对现在的问题。

“杀害哥哥他们的动机就很明了了。无论是‘一起玩吧’‘你没有忘记吧’的深夜电话，还是掉落在现场的硬币……全都与此有关。”

“是阿典来复仇了吗？”

占部眯起深棕色的眼睛，狠狠地咬着口中香烟的过滤嘴。

“那个孩子在十五年前的那场事故中去世了吗？还是说……”

“——我不知道。”

“你是说他有可能还活着？”

“这就不好说了……”

有两个可能性。一是阿典还活着，开始亲手对当时让自己惨遭横祸的孩子们进行复仇。二是阿典已于那场事故中过世。如果是后者，那近来的一系列事件就是熟知真相的某人代替阿典来报仇雪恨。

虽说大致可划分成这两种可能，但究竟哪一个才是真相，翔二还无法做出判断。

“也就是说，一之濑和榎田目前会有生命危险。”占部的低语中夹杂着叹息声。他注视着依然雾气弥漫的窗外。

“但是，就算如此……”

此时，翔二想到了一个接近事件真相的方法。

“占部先生。”翔二边说边看着占部的脸，“图书馆应该保存着过去的报纸吧？”

“嗯，是啊，大概会有缩印版。”

“我想查一查十五年前的报纸，你觉得怎么样？”

“……哦，你的意思是报纸上可能有当时那场事故的报道吗？”

“没错。”翔二用力点了点头。

“如果能找到那篇报道，就能知道阿典的真名，还能确认他是否已死于那场事故。以此为突破口……”

“原来如此。”

占部摘下眼镜，用两根手指按压眼皮边：“那也得看报纸上是否有报道，这种不起眼的事故，如果和其他大事件撞车，或许根本称不上新闻。”

“总之，我们先查查看吧。”

“是啊……那好，明天下午我们去市立图书馆吧。”

3

父母似乎还在客厅里，能听到电视的声音、母亲的哧哧笑声和轻微的鼾声，透过门上的玻璃向室内看去，和式座椅的靠背被放下，父亲已经躺在上面睡着了。

榎田蹑手蹑脚地经过门前，穿过走廊朝玄关走去。他穿上鞋子，开始转动门上的把手，就在这时……

“你要出门吗？”

一个声音突然响起，榎田吓了一跳，握着门把手回头望去。他感到脖子上的肌肉开始痉挛，一时间呼吸困难。

“身为学校老师，晚上总在外游荡，这样合适吗？”

身后是弟弟泰则，大概是刚从洗手间出来吧。泰则比榎田小八岁，今年刚升上当地的私立高中。

榎田伸出手指放在嘴唇上“嘘”了一声,压低声音回答他:“我有重要的事情要办。”

泰则冷笑着说:“有什么事情啊？”

“与你无关，不要告诉妈妈，别让她知道，不然麻烦死了。”作为长子，自己都二十四岁了，母亲依然把他当小孩子看待。榎田复读一年后考上了大学，在东京开始寄宿生活。那时，母亲几乎每周都去东京探望他，帮他打扫房间和洗衣服。他毕业后回到家里住，开始在市内初中教书，可母亲对待儿子的态度仍然一成不变。

（熬夜对身体不好，胜巳。不能挑食啊，胜巳。今天什么时候回来？要是回来得晚就给家里打个电话，胜巳。不能交友不善啊，胜已……）

把这份热情倾注在泰则的教育上不就好了？榎田忍不住这么想。不过，对母亲而言，“长子”这个词似乎包含着非常特别的含义。榎田家长子——母亲从孩提时代起就对儿子反复灌输这个概念，这是个充斥着过度关怀和束缚的词语。母亲是榎田家独生女，为保留“榎田家”的姓氏，父亲成了上门女婿。母亲对自己的过度关怀或许也正源于此。

做儿子的始终心甘情愿地接受母亲过度的保护，自己当然也有问题，这一点榎田自己也非常清楚，但是……

榎田想方设法让弟弟保密，从家里溜了出去。外面雾很大，他把手插在外衣口袋里，肥胖的身躯打着寒战。今晚比昨晚冷多了，要是穿上毛衣就好了，他这样想着。

现在是凌晨零点二十五分，从榎田家走到约好的五之谷公交车站只需要五六分钟。以前他家是和一之濑家住同一条街的，但升上高中没多久，榎田家盖了一间较大的房子，就搬到这边来了。这片区域位于城市东南部郊外的山麓，尽管正在开发中，但比起住宅区来，土地还是比较便宜。

榎田走了一会儿，雾中的公交车站映入眼帘。车站在人行道外侧设置了一个棚屋似的木制候车亭。没看到车的影子，一之濑好像还没有到。

榎田走进候车亭，在紧靠墙壁的固定长椅上坐下。“吱”的一声，整个棚屋微微作响，看来这间屋子年代够久了。天花板上安了一根日光灯，灯管两端已经黑掉一大块。在随时都会熄灭的白色灯光照射下，墙壁上脏兮兮的木纹看起来有一种异样的诡异感。

榎田看了看手表，比约好的时间晚了两分钟。一之濑到底还来不来？虽然心里有点不安，但也只能继续等下去。

周围一片静谧，仿佛全世界的声音都被雾气所吸收。别说汽车的声音了，连虫鸣声都听不到。在这片诡异的寂静之中，一个声音缓缓响起——

"……一起玩吧。"

耳朵深处清晰地响起来自过去的声音，是他——阿典的声音。榎田故意大声咳嗽，试图驱赶这个声音，但无济于事。

"一起玩吧……"

"这个给你。"

不知是谁曾经往已经死去的津久见住处打过电话，而且，津久见的房间里还掉落了一枚五十钱银币……

从一之濑口中得知古怪电话的事情后爆发的恐惧，此刻迅速膨胀。

（……是复仇！）

脸颊上的肥肉不停地抖动，榎田忍不住想毁约，然后马上逃回家。

（……那家伙来复仇了！）

“地藏菩萨——”

耳边传来小孩子的声音。对了，这是自己的声音，小时候的声音。

“——笑啦。”

十五年前的那一天，在地藏丘那片空地的一角，当“鬼”的榎田回头向后看，那个瞬间——

阿典露出扭曲变形的笑容，一动不动，右手低低举起，左脚向前跨出，身体几乎要向斜前方倾倒……他竭力维持这种不自然的姿势。这时……

坡道中央停着一辆脏兮兮的小型卡车。大概是手刹松了，卡车开始缓缓地后退。

发现异常的榎田大喊“危险”，还有一人也跟着喊“危险啊”。

（是津久见吧。）

逃啊、快逃、快一点……叫喊声乱成一片。他们逃离了那个地方，然而……

只有一人——阿典没有逃，他维持着不自然的姿势，一动不动地站在原地，扭曲变形的笑容僵在脸上。

不能动，阿典一定这样想。在“鬼”回头的瞬间，不管发生什么事情都不能动，而且还要露出笑容。因为大家总是反复跟他强调“不能动”。

（不能动！）

大家总是责备他："你连这点小事都做不好吗？"

（笑啊！）

所以他……

卡车从坡道上滚落，速度越来越快。轰然鸣响的声音盖过了孩子们的尖叫声。像被压碎的纸人一般，阿典一下子被卷进车底。在漫天飞扬的尘土之中，卡车停了下来，险些撞到津久见的弟弟藏身的水泥管。

榎田愕然地看着发生在眼前的惨案，仍旧保持着右手撑在树干上，扭头向后看的姿势……

（……啊！）

那之后，十五年来成百上千次浮现在脑海里的情景，使榎田再次全身颤抖。

（为什么会变成那样……）

榎田缩起肩膀靠在墙壁上，不断地长吁短叹。他决定再等十分钟，如果一之濑还不来的话就回家——就在这时。

"咚"的一声，伴随着一阵震动。榎田大吃一惊，身体僵硬。有人从外面轻敲自己背后的墙壁。

榎田从长凳上弹起，身后的墙板上有一扇没有玻璃的小窗户敞开着，高度正好到他眼睛附近。他右手撑在墙壁上，膝盖跪在长椅边缘，战战兢兢地透过窗户向外窥视……什么都没有，眼前只有无尽的黑夜和弥漫四周的浓雾。

还没等榎田舒口气——

“嗒”……这次声音从候车亭正面传来。

右手仍旧撑在墙壁上，榎田回头向后看，和十五年前一模一样的姿势，眼前的情景使他全身僵硬。脖子上的肌肉开始抽动，他感到呼吸困难，仿佛有一只无形的手压迫着他的胸口……

在雾气的笼罩下，一个人影站在外面的人行道上。

“——是谁？”榎田好不容易才发出声音，“是谁？是一之濑吗？”

人影走出浓雾，不是一之濑。来人穿着灰色雨衣，戴着黑帽子，宽帽檐压得很低，嘴被白色大口罩遮住。

“榎田先生？”

对方的声音含混不清。

“是榎田胜巳先生吧？”

榎田微微抬起下巴，点了点头。虽然疑惑和恐惧不断滋生，他却仍旧保持着手撑墙壁回头看的姿势，简直就像被施了石化魔咒，动弹不得。

“这个。”

说着，对方走进候车亭，将左手从外衣口袋里掏出，朝榎田伸了过去。

“这个，拿着。”

榎田的身体微微颤抖，甚至无法抬起垂下的左手。对方像是无可奈何似的，把戴着黑色薄手套的手贴近他的鼻尖。

“这个给你。”说着，对方张开拳头。

银色的光芒一闪而过，一个东西掉在地上，发出“叮当”的响声。看到滚落在脚边的小小的圆形物体，榎田整张脸都扭曲起来，发出“呜呜”的呻吟声。

（是一枚五十钱银币。）

怎么可能……榎田想，快逃。

（……逃啊！）

这家伙是来复仇的，是这家伙杀了畑中，这家伙是……

（快逃！）

但是，无论心中如何焦急，身体就是动弹不得。右手离不开墙壁，向后扭着的脖子也无法恢复原状……十五年前的那一天，眼睁睁地看着卡车逼近却无法挪动身体的阿典的灵魂，此刻似乎正附在自己身上。

“一起玩吧！”

对方从外套中抽出凶器，高高举起。

（……危险！）

凶器瞄准榎田的额头劈了下来，然而榎田依旧纹丝不动。因恐惧和绝望而睁大的眼中，逐渐逼近的凶器看起来简直就像电影中的慢镜头。

（危险啊！）

“让我玩吧。”

榎田感到自己遭到猛烈一击，剧痛随之而来。他的意识毫无悬念地坠入浓重的黑暗谷底，而意识的某个角落传来母亲絮絮叨叨的声音。

（真是的，胜巳！）

（伤得这么严重！）

（不能在外面待到太晚，不是跟你说过了吗？胜巳……）

4

凌晨零时零几分，占部和翔二出了餐馆。翔二戴上头盔朝摩托车走去，当他无意间去摸夹克衫口袋的时候，发现原本应该装在口袋里的钥匙圈不见了。

翔二慌忙在口袋里来回摸索，没有找到，也不在随身携带的小包里。是不是掉到哪里了？

钥匙圈上不仅挂着东京住处的钥匙，还有老家后门的备用钥匙和从节子那里拿到的哥哥公寓的钥匙，如果真弄丢就糟糕了。最主要的是，等会儿回家不能偷偷地从后门进去了。

翔二和占部说了一声后，马上返回餐馆，向店员说明情况，但找遍了刚才坐过的桌子周围，却还是没有发现钥匙圈的影踪。

看到翔二有气无力地从餐馆出来，占部跨坐在摩托车上问：“是什么时候弄丢的？你有印象吗？”

翔二“嗯”了一声，点了点头。大概是脱夹克衫的时候掉在什么地方了，掉在哪里了？他记得只在占部的房间里长谈的时候把夹克衫脱掉过，只有那个时候……

“那就先去我的房间找找看吧。”占部发动了摩托车，“真抱歉。”

“没关系，反正也得把你送回阿瓦多町，顺路嘛。”

雾气依然很浓。占部骑着摩托车缓缓地穿过空无一人的街道，从那家餐馆到位于御森町的“飞船”，绝对花了来时二倍的时间。

店内的灯已经熄了，他们从旁边小巷进入后院。占部放下侧支架，即将熄灭引擎之际，前车灯照在平房墙壁上，银色的圆形光芒一闪而过。

（被切成圆形……）

翔二觉得有点晃眼，那是贴在墙壁上的圆盘在灯光的照射下反射出的光芒。

（在暗红色天空的笼罩下）

一股无名骚动顷刻涌上心头，翔二不禁用力闭紧双眼，隔着头盔按住额头。

（……黑影）

“啪嗒”……水滴的声音响起。

(啊，又来了！)

翔二受到惊吓，把手放在脖颈左侧。

(闪耀着圆形光芒……)

“稍等一会儿，我先去看看。”

撂下这句话，占部一个人跑进房间。翔二坐在侧支架支撑着的摩托车后座上，放任这股没来由的骚动肆虐。但骚动却无法成“形”，他看不到真相，只是隐约有一种冰冷、毛骨悚然的感觉。

翔二觉得，肯定还有什么被自己遗忘了。

十五年前的那一天，那天黄昏的情景——还有某些东西没有回忆起来……

“找到了。”

占部回来了。他“哗啦哗啦”地转着套在手指上的钥匙圈，向翔二报告：“找到了。掉在被炉旁边了。”

“嗯……太好了。真抱歉，耽误你时间了。”

翔二接过钥匙圈，并没有把它放进口袋，而是收进小包里。这时，心中那股不明的冰冷骚动已然消失殆尽。

找到钥匙圈后，占部像昨晚那样，把翔二送回阿瓦多町，到达时已经凌晨一点半了。摩托车刚停在门前，帕皮撒娇般的吠声便从雾中传了过来，说不定它已经记住这辆摩托车引擎的声音了。

约好下午一点在“飞船”碰面后，两人就此作别。

5

看了看汽车面板上的表，一之濑史雄稍微加大了踩油门的力道。凌晨零点四十分，已经比和榎田约好的时间晚了十分钟。

一之濑在两年前考取了驾照，但今天还是第一次在浓雾弥漫的夜间开车。能见度很低，开得太快搞不好会酿成交通事故，这可不是闹着玩的。从家里出发时时间明明还很充足，照现在这个速度，估计还要花十五分钟才能到达五之谷公交车站。

一之濑不再靠着椅背，而是挺直身体紧盯着前方，额头几乎都要贴在前挡风玻璃上了。前方车辆的尾灯隔着飘忽不定的白色雾帐，模模糊糊地浮现出来，当尾灯猛地开始闪烁时，一之濑也慌忙踩下刹车。从刚才起就一直在重复这一连串的动作。

（那家伙有在等我吗？）

榎田那家伙如果等两三分钟，对方还不来的话，很可能会毫不犹豫地回家。如果这样的话，要不要在外面再给他打个电话，或者深更半夜去他家找他？

刚才在电话里说津久见果然是被什么人杀害的时候，那小子还怕得乱叫。

一之濑事不关已地想着：“真是的，那小子胆子也太小了。”

“是复仇。”榎田用一副带着哭腔的声音说，“那家伙来复仇了……”

从某种意义上来说，他会那样轻易地下结论也很自然，但一之濑却不认同。

那家伙还活着，打算找他们四人复仇。这种事情真的可能发生吗？十五年前的那场事故中，那家伙——阿典被卡车轧过后的情况究竟怎样，当时他们由于害怕没敢去确认。那家伙很有可能当场死亡，不过也有可能在那之后被送往医院接受治疗，幸免于难。但是，就算那家伙还活着……

阿典。

十五年前的秋天，没有人知道当时受他们欺负的那个孩子真名叫什么，大家都叫他“阿典”。这个称呼是他和他们第一次见面的时候，他自己说的。

戏弄他、欺负他、用他拿来的稀罕硬币作为交换允许他一起玩……这些事情当然不会告诉父母，如果被父母知道了，肯定又是一番责骂。不仅是一之濑，还有津久见、榎田、畑中，大家都是一样的。阿典这个“被欺负的孩子”是他们四人共同的秘密。

那场不幸的事故过后，包括津久见年幼的弟弟在内，他们五人发誓要对这件事永远保密。大家对之前曾那样对待他感到内疚，而他们没有立即通知大人，也正是这种内疚感作祟，使他们无法做出常识性判断。更为关键的是，不知谁说了一句“这件事要是被大人知晓，我们都会进监狱的”，这句话牢牢地限制住了当时只有八九岁的他们的心理和行动。

（是畑中说的吧？）

事故当然很快就尽人皆知了，直到现在一之濑都还记得当时父母曾议论过这件事。停在坡道上的卡车手刹脱落，车自己动了起来……

他们是这么说的。

“你不知情吧？”

他记得母亲曾这样问他。

“最近你总是玩到很晚，史雄，你也要小心一点。”

或许报纸也报道了，不过一之濑没去看报纸。一是因为他当时只有小学三年级，报纸上的汉字太多，他也看不懂。还有则是他害怕想起当时的事情。“我什么都不知道，那场事故根本没发生过。”他拼命地告诫自己。其他三人似乎也和他一样，从那以后，再没人提起过那件事。

十五年过去了。他本以为那已经是遥远的过去，是早已结束的问题。但是……

得知津久见的“意外死亡”，他在吃惊的同时也有一种不祥的预感。难道是因为在他心中，始终觉得那件事还没有结束吗？

就像昨晚畑中所说，把药给津久见的人正是一之濑。说是“药”，其实也不过是只要有处方就能轻易获得的安眠药罢了。只不过因为受津久见所托，一次性给他的药量比规定药量多一些，这点让一之濑有些心虚。由于这种药的药效很强，如果就着酒一起吞下去，很可能会使人产生幻觉或严重丧失记忆，具体情况因人而异。所以一之濑觉得这或许就是造成“意外”的原因，但同时，这六天来，一股无法打消的疑惑随着时间的流逝不断地膨胀……

津久见果然是被什么人给杀了？说不定畑中也是被同一个凶手所杀。但是，究竟是谁干的？

一之濑认为应该不是阿典本人，大概是和他关系亲密的某人，十五年后，现在这个人来复仇了……

凌晨一点，一之濑驾驶着和父亲共用的中型四轮货车，终于到达了五之谷公交车站前。

他从车内看向人行道那边，没发现有人站在附近。浓雾之中，可以看到前方有一座建筑，像是候车亭。他想或许榎田在候车亭等着他，于是把车子稍微往前开了一段。

微暗的灯光下，可以看到候车亭里有个人影很像榎田，人影坐在里面的长椅上。虽然被雾遮挡看得不是很清楚，不过胖墩墩的体格，肯定是榎田没错。

一之濑按了按喇叭，对方没有反应。

是不是等着等着睡着了？不可能，就算是榎田，也不可能在这种情况下睡着……

他又按了按喇叭，候车亭的人影依然没任何反应。

一之濑感觉不妙，千万不要是自己想的那样，他刻意轻声嘟囔了一句：“不会吧。”

他害怕去确认榎田究竟怎么了，但是总不能视若无睹，若无其事地回家吧。苦恼一番之后，他最终还是走出车外，也没有将车子熄火。

“榎田！”一之濑站在人行道旁叫了一声，“喂，榎田！”

长椅上的人影一动不动。一之濑战战兢兢地看了看周围，猫着腰向候车亭靠近。

“是我，一之濑。喂，你怎么了？”

榎田坐在长椅一角，背靠墙壁，身子向后仰着。

凑近一看，一之濑大吃一惊，只见榎田用脱下的外衣把头包得严严实实，像玩扮鬼游戏的小孩子一样。这是怎么回事？

（难道……）

“榎田？”

一之濑小心翼翼地将手伸向外衣，屏住呼吸把其揭开。眼前的是他预想过的最糟糕的情况。

头部被从额头劈开，凄惨至极，像以前在庙会夜市上卖的糖苹果，红得刺眼。盖在头上的外衣也被鲜血染红。

一之濑发出短促的尖叫，扔掉外衣，拔腿逃出候车亭。身体失去平衡，膝盖抖个不停，根本无法奔跑，只有上半身像游泳一样向前挪动，在这种状态下，他好不容易才爬到车旁。事先没关的车前灯亮着，正当他打算穿过车灯射出的光线绕到驾驶室一侧的时候——

“让我玩吧！”

眼前突然冒出一个人影。来人应该是一直躲在汽车阴影里等着一之濑从候车亭出来。

“啊……啊……”

过度的惊愕和恐怖，使一之濑双腿发软，瘫坐在被雾气濡湿的柏油路面上。人影穿着一件灰色雨衣，戴一顶黑帽子，把帽檐压得很低，此刻正从怀里掏出凶器，瞄准一之濑的头部直劈而下。

“一起玩吧……”

伴随着含混不清的说话声，耳边传来划破浓雾的刺耳声音。一之濑瘫坐在地，迅速扭动身体躲闪。

这一击没有打中头部，而是落在一之濑的右肩上，右肩的骨头瞬时碎裂，一之濑发出一声闷响，剧痛随即袭来。他左手捂住肩膀，双脚胡乱地蹬着地面向后直退。

“笑啊！”无情的声音透过遮在嘴上的白口罩传了过来，“喂，笑啊！”

对方再次举起凶器。一之濑挣扎着想站起来，一个劲地挥舞着双手，似乎忘记了肩膀的痛楚。不知是不是被一之濑疯狂的动作所迷惑，第二次攻击没有打中一之濑的身体，而是打在柏油路面上，发出“哐当”的金属声。

凶手身体顿时失去平衡，向前倾斜，一之濑来回挥舞着的手碰巧打到凶手的脸。头上的帽子被打飞，挂在耳朵上的口罩带子也被碰掉一根。一之濑清楚地看到对方的长相……

“啊啊。”一之濑不由得吐出呻吟般的声音。

（这张脸是……）

（我认识这张脸，几小时前刚刚见过。这——这张脸是……）

（是那个时候的客人……）

（那个时候——是在我给榎田打电话，约今晚见面的时候走进店内的客人。）

（这张脸我认识。）

（十二点半在五之谷公交车站碰面的谈话被这家伙听到了。）

（我认识这张脸……）

（然后，这家伙藏在这里等着我们……）

凶手丝毫没有露出畏缩之色，重新握紧凶器，眼中充满疯狂的阴暗之光，冷冷地注视着像乞求原谅般跪在地上的一之濑。

“你们都是坏人！”

说完，凶手第三次举起凶器。“你们都是坏人。”

一之濑来不及起身逃跑，只能胡乱地挥舞着双手。然而，这次没有起到任何效果。

“你们……”

从斜上方落下的凶器，命中一之濑头侧，眼镜也被这股冲击力打飞。他随即横倒在地，像被孩子们残忍摔在水泥地上的青蛙一样，四肢不停地抽搐。

“你们……”

凶手踩住一之濑失去抵抗力的背部，执拗地继续攻击他。头盖骨迸裂，鲜血和脑浆四处飞溅，湿润的黑色柏油路面霎时一片暗红。

（你们都是坏人！）

凶手冷冷地俯视着已经断气的第四个男人，在心中疯狂地反复默念。

（你们都是坏人！）

（当时，你们……）

（……这是复仇！）

（复仇！）

红色小丑的幻影，再次浮现。

陡峭的悬崖边，挡住去路的无底深渊。

背对深渊的小丑，装出一副丝毫没有发觉自己身处悬崖峭壁的模样，拼命地挤出笑容，不停地跳着舞……

那是他。

那也是我们。

那既是他，也是我们。

多么滑稽。多么愚蠢。多么可悲。

啊，多么……

那样的穷追不舍。

静止在黄昏之时。在延伸至永恒的瞬间，幻觉消亡。然后……

第八章　探索

1

十月六日，星期日。

翔二和昨天一样，上午十点半左右起床，从二楼下来的时候他发现父亲政信坐在客厅沙发上，正和母亲聊得起劲。

“早啊，翔二。”

注意到儿子下来了，他一如往常地用“温和且威严”的语气跟儿子打招呼。

“你昨天好像回来得很晚，我原本还想和你一起吃晚饭呢。”

“昨天跟朋友聚了聚。”

翔二脸不红心不跳地撒了谎。如果据实以告，还不知父亲会说些什么“傲慢”的话呢。

“好久没见了,大家聊得都忘了时间了。今天也会和朋友见面,晚饭在外面吃。”

父亲微微皱眉，点头“嗯”了一声，用眼神阻止坐在斜对面的母亲开口。

“今天我要和你妈妈去一趟相里,而且要在那边住一晚。对了,明天晚上我们一起出去吃个饭吧，怎么样？”

“——知道了。”

到底要办什么事情？还需要在相里留宿。母亲那边的家族会议？或者，说不定是和“宗像家”有关的聚会之类的……翔二不禁开始胡思乱想。

之后，翔二在餐厅喝了节子泡的咖啡。舒适明亮的阳光透过庭院侧的窗户洒进屋内，仿佛昨天诡异的浓雾只是一场幻觉。

翔二无所事事地望着窗外，回忆着前天回到这座城市之后发生的事情。

哥哥去世，邂逅占部直毅，和三泽千寻通电话，畑中志郎被杀，拜访一之濑史雄，遇见名叫武藤秀法的娃娃脸刑警，地藏丘的水泥管里面回忆起十五年前的记忆……大概是睡意还没有完全消除吧，心中浮现出的情景都有些淡薄，感觉不太真实，甚至让人怀疑这一切是很久之前的梦境。

“哦？”

父亲惊讶的声音从客厅传来。翔二向客厅看去，桌子上摊开着今天的晨报，父亲从晨报上抬起眼，对母亲说：“流星马戏团好像解散了。”

母亲和站在桌旁的节子齐声问道：“是吗？”

“报纸上写的是因为亏损，上次的栗须市公演成了流星马戏团的最后一场演出了……节子，你知道吗？”

“完全不知道。”节子满脸疑惑地摇了摇头。

“真可惜。”

父亲嘟囔着，双手交叉抱胸，似乎很是失望，然后靠在沙发上，瞥着一眼报纸。“在我还是孩子的时候就有这个马戏团了。”

“是真的吗？爸爸。”翔二不假思索地询问道。父亲听了之后挑起眉，缓缓地张开紧闭的嘴唇。

“我曾经缠着你奶奶让她带我去看演出呢，以前他们每两年都会来表演一次。在公园的广场搭起大大的帐篷，周围就像过节的时候一样摆满了卖东西的小摊……”

父亲怀念地眯起双眼，脸上浮现出少年般单纯的笑容。啊，这个人也会露出这种表情啊。不知为什么，这让翔二觉得非常意外。

“如果马戏团解散，那个小丑怎么办呢？你不是说还在住院吗？”母亲说。

翔二不禁发问：“流星马戏团的小丑在住院吗？”

“听说是发生了意外。”父亲松开交叉的胳膊，“那个小丑踩球的时候不小心翻倒，在最后一场公演高潮的时候，头部受到强烈撞击导致昏迷不醒。”

“然后住进了爸爸的医院吗？伤得很严重吗？”

“查明是脑内出血后马上进行了紧急手术。听负责手术的医生说，命虽然保住了，但是有可能留下很严重的后遗症。”

“嗯，因为那个人年纪已经很大了。”

轻轻吐出这句话的是节子。

伴随着沉重的叹息，她像自言自语似的呢喃道：“也许是强撑着继续扮小丑呢。”

“什么？”翔二回头看着她。

“节子阿姨，你认识那个人吗？”

“嗯，以前认识……”

年过半百的用人节子皱起满是细纹的脸微笑着，但她没有继续说下去，笑容中隐隐藏着一丝阴郁。翔二觉得很不可思议，她和马戏团的老年小丑“以前认识”，究竟是什么关系呢？

这时父亲突然开口说：“节子，能给我泡杯咖啡吗？”

翔二没能从节子口中得知更多的答案。

2

翔二决定今天骑自行车去“飞船”赴约，因为每次都麻烦占部开摩托车把自己送回家，有点不好意思。

车库里除了前天车把扭歪了的自行车外，还停放着一辆旧的小型自行车，还有一辆节子外出购物时使用的小型摩托车——这辆车原来是哥哥在用。遗憾的是翔二没有驾照。

从车库里拖出来的小型自行车缺乏润滑油的滋润，比前天的自行车还难骑，蹬起来异常沉重，车胎里的气也跑了不少。出门后骑了一会儿，翔二就开始后悔了，还不如走着去轻松些，不过事已至此，他也不想再折回家里。

到达“飞船”的时间比约好的稍迟一点。

和昨天不同，占部已经起床了，正独自坐在靠里的桌旁抽烟。

他看到翔二走进来，微微抬手“哟”了一声，但声音听起来没什么精神，一副无精打采的样子，简直就像疲惫不堪的考生。

到底发生什么事了？翔二在占部对面坐下。

占部像洞察了他的心思似的立即开口说：“我昨晚没怎么睡。”

“把截稿日给弄错了。”

“啊？”

“就是我昨天跟你说的截稿日，比我一直记着的日期还要早，昨晚发觉后我就一直熬夜工作。真是的……”

就算听到“截稿日”这个词，翔二也完全不明白事情到底有多严重。本以为考试时间在一星期后，不料就在明天——大概就是这种感觉吧。

“今天不要紧吗？”

听翔二这么说，占部把手指伸进眼镜里面揉搓着充血的眼睛：“都跟你约好了。没事，船到桥头自然直。”

“可是……”

“你别担心……先别说我了，你不要紧吗？每天在外面待到那么晚，令堂令尊没说你吗？”

“啊，没事，不要紧。他们说什么都不碍事。更何况我父母今天出门了，晚上不会回家，说是有事去相里了。”

“相里？这样啊。”

翔二调整了一下语气：“那个，占部先生，其实……”

翔二的话还没说完，就被春海的“哎呀，欢迎光临”给打断了。她从店里面的那扇门出来，一边系着红色的围裙，一边朝柜台跑去，看来她刚从洗手间回来。

“翔二先生，喝咖啡可以吗？”

“啊，可以。”

“直毅呢？要吃什么？”

“——不用，我不吃。只喝咖啡就行了，能再泡一杯吗？”

“……这可不行，总这样对身体可不好。”

“——嗯。”

占部一脸不高兴的表情，重新点燃一支烟。

翔二带着些许抱歉的心情，接着刚才的话往下说：“其实……”

“什么？”

“其实，昨天回去的路上我有了新的发现。”翔二用拇指按着太阳穴。

（圆形的光芒……）

“我总觉得还有什么被忽略了。”

“还有什么？”占部惊讶得皱起眉头，“你的意思是？……”

“十五年前的记忆。当时，缩在水泥管里的我好像看到了什么……圆形的……那是……”

冰冷而不安的骚动涌上心头，又很快消逝。

（银光一闪……）

隐约浮现在眼前的成“形”影像，就像从手上滑落一般消失不见。

（……黑影。）

“啊……还是没搞清楚。”翔二一面叹气一面缓缓地摇头，“总觉得还有什么重要的事情被我遗忘了……”

那应该是一件非常可怕的事情。一件他必须想起，却又拒绝想起的事情。因为那件事一旦被现在的自己知晓，必将带给自己强烈的恐惧……

“看你这副样子，应该没看午间新闻吧？”占部低声说。他画圈似的缓缓捻灭了香烟，凝视着翔二的脸。

“新闻？”翔二不知道他在说什么，表示不解。

“今天早上武藤给我打电话，我才知道。”占部的声音更低了，“听说昨晚——不对，应该说是今天凌晨，一之濑史雄和榎田胜已被杀了。和杀害畑中的作案手法一样，现场似乎也发现了相同的硬币。”

3

市立图书馆位于市民公园南侧，整栋建筑犹如嵌入公园内部一般。图书馆斜对面是美术馆，它们之间隔着一条宽马路，美术馆后面并排耸立着乡土资料馆和博物馆。可以说这里就是这座小城的文化中心。

古旧砖瓦建造的建筑会让人产生一种想将其改造重建的冲动。翔二虽然从没来过这里，但建筑内部跟他所想象的一样，明明是白天，内部却有些昏暗。刚踏进阅览室，一股旧书特有的味道便扑鼻而来。

据说过去的报纸分别按照全国性报纸和地方性报纸各保存着一份缩印版。由于年代久远的报纸已经被封存，要取用必须请图书管理员把它们拿出来。根据记忆中的“十五年前秋天”“马戏团来这里的时候”等关键词，他们两人申请查阅一九七六年九月和十月的报纸。

“我们分开查吧。”

他们把按月份装订的四本缩印版报纸放到阅览室的桌上之后，占部立即撂下这句话，然后拿起其中一本开始查阅。报纸册子有 A4 大小，厚约五厘米，看起来像一本电话簿。

翔二点点头，把九月的地方性报纸拉到手边打开，里面的字当然跟电话簿的字大小差不多。翔二从九月一日开始按顺序查看社会版新闻，留心查找“事故”“小孩”“卡车”“地藏丘”这几个关键词。

阅览室里除了翔二他们外，只有寥寥数人，安静到连咳嗽都要注意不能太大声。只有翻阅书页的轻微响动交织在一起……

翔二翻阅着一篇篇用毫无感情的笔调记载着过去事件的文章，内心因刚刚得知的消息大受打击。

（那两人居然被杀了！）

（那两人……）

一之濑史雄和榎田胜巳。如果这一连串的事件都是为十五年前的那件事而“复仇”的话，他们两人也有生命危险——就在占部和自己说这些话的当天晚上，他们两人竟然已经惨遭杀害。

据占部从武藤那里得来的消息，尸体发现地点在市郊一处名为“五之谷”的公交车站附近。从榎田家步行到那里只需五分钟左右，一之濑开的四轮货车停在车站前面，车子当时并没有熄火。从现场情况来看，他们二人似乎是约好深夜在那里会合。由于现场附近民宅较少，再加上从昨晚持续到今晨的浓雾，几乎没有其他车辆经过，所以这起事件没有目击者。清晨时送报纸的人经过那里，才发现尸体并报警……

“——没有。”

旁边的占部嘟囔着，合上报纸册子——他看的是十月的地方性报纸。

“你呢？”

翔二正好把九月三十日的社会版看完，也没有找到疑似那起事故的报道。

“没有。”

接着，他们分别查阅了剩下的两本缩印版报纸，还是一无所获。

“要不也查一下十一月的吧。”

对于占部的提议，翔二表示同意，他无力地点点头：“说得也对。”

虽然翔二觉得十一月的报纸上肯定也没有……

两人把查阅完毕的四本报纸册子还回去的时候，前台的图书管理员已经换班了，这次是一位不到三十岁的年轻女性，跟占部一样戴着眼镜。虽然她为了配合这间图书馆昏暗的氛围，衣着很朴素，但依然无法掩盖她的美女气质，笔挺而小巧的鼻形让人印象非常深刻。

看到占部后，她马上露出亲切的笑容，点头致意："您好，占部先生，又来查东西吗？"

"嗯，是的。"

看来他们是老相识，一定是从事翻译工作的占部经常来图书馆查资料的缘故。

占部把手中的报纸放在前台，向对方说明想看一下同一年十一月的缩印版。

听完占部的要求，她用有些惊讶的语气问："您到底在查什么？"

"嗯，查点东西。"

占部的回答太过冷淡，翔二在旁边听得焦急不已，不禁代替占部做出回答："在查以前一起事故的报道。"

"事故？"

"小孩子被卡车撞倒的事故。"翔二趁势向她打听起来。

"应该是在十五年前的秋天。您知道那起事故吗？当时马戏团来这里表演……"

"马戏团？"

"是的，流星马戏团。阔别十五年，上个月刚来过。"

"马戏团……请稍等。"

说完，她的目光落到摆在前台的缩印版封面上。

"……我知道。"

“欸？”

“虽然印象很模糊，不过我记得那件事。是我上初中时候的事了……”

意料之外的回答让翔二很吃惊，他看了看站在旁边的占部，占部也露出一副诧异的神情。翔二目光锐利地盯着对方的嘴角，仔细聆听着她从记忆中搜寻出的点点滴滴。

“是马戏团来的时候吗？”

“那还用说。”

她静静地眨了眨眼睛：“死的就是那个马戏团里的孩子，因为我也去看过表演，所以记得很清楚，是个在魔术表演中当助手的小男孩，就是那个孩子……”

“真的吗？”

说完，占部“啪”的一声用手拍了一下额头：“……啊，我想起来了，的确有那么一回事。”

“是马戏团的孩子啊！”

巨大的橙色帐篷、热闹的音乐声、招揽客人的小丑……翔二探寻着淡薄的记忆，怀着一种不可言喻的心情重复道：“马戏团的孩子……”

也就是说，阿典是马戏团成员的孩子，是这样吗？

马戏团的孩子就是被欺负的孩子——这个公式从他心底浮现，还是有一定的说服力的。

哥哥他们四人最初不愿和那个孩子玩的理由，用这个公式也说得通。因为他是“外来者”，是陌生的“异乡人”。他生在小小的马戏团，在不停地到处巡回演出的狭小社会中长大，和哥哥他们完全不是同一类人。

但对阿典来说，他迫切地希望拥有可以一起玩耍的同龄伙伴，所以才不惜忍气吞声……

“那个孩子叫什么名字？您记得吗？”

她摇了摇头：“这我就不知道了。”

“占部先生。”翔二抬头望着不安地抿着嘴、一动不动的占部，“能不能现在陪我去一趟博心会医院？”

“去医院？”

占部的表情更加不安：“为什么要去医院？”

“有个流星马戏团的小丑在那里住院。听说在上个月的公演中意外受了伤。”

“小丑住院？”

“嗯，是个年迈的小丑，我想他肯定在那个马戏团待了很多年。所以想找他问一问……”

“关于那个孩子的名字吗？”

“是的。”

占部轻轻地“嗯”了一声，继而陷入深思。

沉默良久之后，他把脚边的摩托车旅行包往肩上一背：“既然如此，我们就去问问看吧。”

说完，他向图书管理员道了声“谢谢”，便迅速朝出口走去。

4

他们在下午四点半离开了图书馆。室外已和馆内一样昏暗，与其说是因为临近黄昏，倒不如说是云层遮挡的缘故。来的时候还万里无云的天空，不知何时已布满厚厚的云层。

“对了，天气预报说今晚会变天。”

占部仰望阴暗的天空嘟囔道。话音刚落，空中便开始飘下细细的雨丝，简直就像是在等着占部吐出这句话。

“哎呀。”

占部紧锁双眉缩起肩膀，从车把上取下头盔，递给翔二。

“雨可能会变大，翔二君，怎么办？如果不介意像前天那样淋成落汤鸡，那我们就乘摩托车去吧。”

“我不介意。”

“好，出发。”占部把旅行包固定在油箱上之后，跨上摩托车。像是要摆脱零零星星的小雨般，他发动引擎，高速疾驰。

不到五点，他们便到达了位于城市西郊的博心会医院。虽然天空越发阴暗，不过幸好在路上奔驰的时候雨势并未增强。翔二在前天回到这座城市的时候，曾经拖着病人一般的沉重步伐走出车站，那时他也仰望过天空，回想着当时那阴郁的天气，有些百感交集。

才过了两天而已，现在的自己已和那时截然不同。虽然心情还谈不上多么愉悦，可是，该怎么形容才好呢——对了，至少自己现在在按自己的意志向前迈进。这是翔二的真实感受。

但是……

如果继续前进下去，终点究竟会有什么在等着自己？会有怎样的现实（*未来和过去*）等着自己？还有那些残留在记忆深处的东西，自己曾经感受过的冰冷骚动，以上种种都让翔二十分在意，让他无法平息心底不断扩散的不安。

他们去综合服务台咨询了一下，得知那个老年小丑名叫大柴周吉，在脑外科住院楼住院。两人立刻前往脑外科住院楼。他们在病房服务台申请探望病人时……

“津久见翔二先生？”

一个声音从背后传来。翔二回头一看，面前站着一个小个子中年护士。翔二一时没能认出这个人，看到护士胸前挂着写有“米泽”的名牌时，翔二这才想起来是谁。

大概是初中二年级的暑假吧，翔二因急性阑尾炎手术住过一次院。（因为是“津久见医生的儿子”，还受到了特殊待遇。）

他记得她当时是外科住院楼的护士长，难道现在调到这个住院楼了？

“您好，午安。”翔二说，“阑尾炎手术时承蒙您关照了。”

“啊，果然没错。”米泽护士长笑容满面，“都长这么大了。听说你今年春天上的大学？”

“是的，多谢关心。”

“今天是来探望什么人吗？还是……”

“啊，是的，来探望一个名叫大柴周吉的病人。”

“大柴先生……啊，那个马戏团的老爷爷。”

“对，是他。”

“不过……为什么来探望这个人？”

翔二不知道该怎么回答，稍稍犹豫了一下：“为哥哥的事而来……因为事关前几天哥哥发生的事，无论如何都想问问这个人一些事情。”

护士长感叹一声后，捂住了嘴。不知道她对翔二的话是如何理解的，脸上和气的笑容瞬间换成一副奇怪的神情。

“可是，那个病人……”

“病情严重到不能接受探视吗？”

“不是，那倒不至于。只是病人受伤后留下了后遗症，说话不怎么利索，而且记忆和思维都有些不稳定。”

“是吗？”

“他的视力和听力都没有问题，如果是简单的问答，可以用笔来沟通，这样可以吗？”

翔二瞥了一眼在旁默默看着他们交谈的占部：“能告诉我他住哪间病房吗？”

5

大柴周吉的病床在双人病房。翔二他们进屋之后，他也没任何反应，仍旧呆呆地望着天花板，看来没把他俩当成探视自己的客人。

“大柴先生。”

为他们带路的米泽护士长，凑近床边跟他说话：“这两位是来找您的，有事想问您。可以吗？”

大柴瞪大双眼，眨了眨眼睛，显得不知所措。看来的确是上了年纪，综合现在的情况和他的健康状态，估计老人已年过花甲。

老人在两个星期之前，还在以小丑的身份参加马戏团演出。翔二在惊讶的同时，萌生出一种不可言喻的复杂心情，像是悲哀，又像是揪心。老人头上包着绷带，脸上布满皱纹，面色微黑。翔二试着联想脸上涂满白色油彩、笑嘻嘻的小丑，但是那情景实在无法和这位老人联系在一起。

“请不要待太长时间，他现在还需要充分静养。”

提醒他们注意后，护士长说了句“那我先告辞了”，随即走出病房。

翔二静静地靠近床边，用紧张的声音对大柴先生说：“我叫津久见。这位是占部先生。”

“突然造访，实在抱歉。您或许会觉得奇怪，可是……”

老年小丑突然弯起没有血色的厚嘴唇咧嘴笑了，像是在说“不要介意”。

翔二不由得松了口气，继续说：“出于某些原因，我们在调查以前的一场事故。十五年前，在流星马戏团来这座城市表演的时候，一个马戏团的孩子被卡车轧死了。”

老人有些反应，仰头看着翔二他们，脸上似乎蒙上了一丝阴影。

“事故真的发生过吗？”

听到翔二的询问，老人顿了几秒，轻轻点了点头。

“是在魔术表演中当助手的孩子吗？”

这次老人迅速地点了点头。

“那个死去的孩子叫什么名字，您还记得吗？”

老人点点头，从被子里抽出右手，随后拿起放在床边桌子上的笔记本和铅笔。他把笔记本放在胸口，左手按住，右手握住铅笔，两只手都在微微地颤抖。这或许也是前一阵子的意外造成的后遗症。

翔二屏息静气地看着铅笔的轨迹。不久，老人用凌乱的字体在笔记本上写下“norita”这个名字。

“norita？原来那个孩子的名字是‘norita’啊。”

站在翔二旁边的占部看着笔记本，低声感叹着“是这样啊”。如果把“norita”写成汉字，可以写成“则太”或者“典太”，不管汉字究竟是哪个，如果真的是这个名字，被冠上“阿典”这个昵称也很自然。

“他姓什么呢？”翔二继续发问。

老人想了一会儿，在笔记本上写出了答案。

“山内。”

“山内典太，那个孩子是叫这个名字吧？”

确认了一遍之后，翔二说：“那个孩子的父母曾经都是马戏团的成员吧。他有兄弟姐妹吗？”

老人微微地摇了摇头。

“没有兄弟姐妹。那他的父母现在怎么样了？”

“爸爸死了。”

“他父亲死了？什么时候去世的？是在典太遭遇事故死亡之前，还是之后？”

“之前。”

“那他母亲呢？不会也去世了吧？”

老人表示“没有”。

他的母亲还活着，那么……

“他母亲现在还在马戏团吗？”

“不干了。”

“不干了？离开马戏团了吗？”

——老人点头。

“离开之后呢？”

“留下来了。”

老人立刻写出了答案。翔二表示不解，打量着老人的脸。“不干了”“留下来了”，到底是什么意思呢？

老人的右手又动了起来，写下了“这里”两个字。

“这里？”翔二提高了音量：“您是说她留在栗须市了？”

老人点头。翔二立刻回头看了看占部。大概是没想到问得如此顺利吧，占部目瞪口呆地看着笔记本上那些凌乱的文字。

“她现在还在这座城市吗？”

老人点了点头。翔二深深地吸了一口气，接着继续发问：“他母亲的名字呢？您还记得她叫什么名字吗？”

老人握着铅笔陷入沉思，翔二觉得这是迄今为止，他经历过的最漫长的“沉默”。不一会儿，老人用颤抖的手重新翻开一页，在上面写下一个名字。

“节子。”

在暗红色天空的笼罩下，在被切成圆形的世界之中，现在……

“胖男孩”当“鬼”站在树旁，其他四人分散着站在他背后。

“地藏菩萨——”

他们欢快地喊着，像在唱歌一样。“——笑啦。”

“鬼”一回头，向前挪动的人影立即停下。

他落在最后面，维持着似乎马上就要失去平衡的姿势，拼命地露出笑容，就像在陡峭悬崖边跳舞的红色小丑一般。

受不了了。

这样就能解脱了。

黑色火焰熊熊燃起，在被逼得走投无路的心中燃起。静止在黄昏之时。延伸至永恒的瞬间。

第九章　破局

1

翔二和占部走出医院时，太阳已经落山，迎接他们的是一望无际的黑暗和冰冷的滂沱大雨。

他们跑到停车棚下面避雨，占部拢起被淋湿的头发，嘟囔道：“这下麻烦了。”

从车把上取下头盔，他回头对翔二说：“总之，我们先找找看附近有没有咖啡馆，先进去避个雨。”

“——好。”

翔二点点头，接过头盔。其实他现在脑子里一片混乱，根本顾不上避雨。

节子——看到流星马戏团的老年小丑用颤抖的手在笔记本上

写下那个名字后，翔二惊愕不已。

叫“典太”的一个孩子在十五年前秋天遭遇车祸身亡。孩子的母亲或许就是出于这个原因离开了马戏团，最后选择留在这座城市。她的名字叫“节子”。

节子，是翔二再熟悉不过的那个节子吗？

“年轻的时候和一个男人一起生活过，但那个人后来过世了。”昨天清晨，当翔二问她有没有结过婚时，她是这样回答的。脑海中浮现出饭冢节子的面庞，似乎能听到她那隐约有些阴郁的声音在耳畔响起。

还有，今早谈到正在住院的小丑时，她说过这样的话。

“因为那个人年纪已经很大了。”节子当时叹息地说道，“也许是强撑着继续扮小丑呢。”

翔二问她是否认识那个人，她微笑着给出“嗯，以前认识”这样模糊的回答，翔二觉得，她的表情里隐约暗含着一丝阴郁。

这么说来，父亲看到流星马戏团解散的报道时，还特意问节子“你知道吗”。会不会是因为知道她曾在那个马戏团工作过，才那么问的？

节子说她是十二年前就开始在津久见家工作，当时翔二正在上小学，有六七岁吧。对于翔二来说，一直生活在同一屋檐下的节子就像空气一样自然。她总是在家里，尽职尽责地完成各项工作，平易近人，绝不会高声呵斥，不会抱怨，不发牢骚，是个和蔼可亲的阿姨……

但是，对于她过去的人生，翔二一无所知，而且也从没想过要去了解她的过去。

节子以前在流星马戏团工作，丈夫姓“山内”，和她在同一个马戏团里。他们两人有一个儿子，名叫“典太”。丈夫过早离世，留下的孩子“典太”也在十五年前的事故中死亡。伤心欲绝的她辞去马戏团的工作，恢复了自己的旧姓“饭冢”，一个人留在了这座城市。而她的下一个工作地点，碰巧就是位于阿瓦多町的津久见家——事情的经过就是这样吧。

虽然翔二还有很多问题想问大柴老人，但老人只能用笔回答，搞得他也不知道该按什么顺序来提问才好。而且正如护士长所言，老人的记忆和思维都有些不稳定，对于翔二之后提出的几个问题，老人不是无法回答，就是摇头表示不记得了。稍后来看情况的米泽护士长说老人似乎很累了，就到此为止吧，翔二他们这才离开病房。

是否正如目前情况所示，曾在流星马戏团工作过的山内节子和翔二所熟悉的饭冢节子是同一人？倘若果真如此，凶手是节子吗？为了给死于事故的独生子“典太”，即阿典复仇，她残忍杀害了那四个“欺负人的小孩”……

两人乘着摩托车在愈渐猛烈的大雨中飞驰，不久就看到国道出口前方有一家挂着“咖啡 & 午餐”招牌的店铺。占部毫不犹豫地开了过去，把摩托车停在这家名叫“OZ”的咖啡馆门前。

看到他们两人浑身透湿地走了进来，服务员显得有些畏缩，不过倒也没抱怨什么。店内十分宽敞，只零零星星地坐着几位客人。翔二他们选了一张离其他客人较远的靠窗位置坐了下来。

虽然从医院到这里并不算远，但他们的身体已经冻僵了。翔二把湿掉的夹克衫脱下来放在空椅子上，然后用服务员拿来的热毛巾擦拭脸和脖子。

“刚才那个老爷爷所写的名字。”点完东西后，占部一脸忧郁地朝窗外看了一会儿，缓缓地开了口。

“我记得你家用人的名字也叫‘节子’吧？”

相同的名字和翔二的反应，占部肯定早已通过这些判断出了真相。之前他之所以对此只字未提，是因为考虑到受到这一事实冲击的翔二的心情呢，还是因为他的猜想和推理尚未成形？

自己点的奶茶送来后，翔二捧着杯子暖着双手，说出了自己的想法。占部默默地听着，依然满脸愁容。

“也就是说，很有可能是同一人，是吗？”

说完，占部疲惫地叹了口气。“你接下来有什么打算？”

“……”

“饭冢节子为了给十五年前死去的孩子‘典太’复仇而杀了四人。这就是事件的真相吗？”

"……"

真是这样吗？那个性情温和、年过半百的用人，在深夜偷偷地从家里溜出来，到处行凶。

（比如，开着那辆购物用的小型摩托车？）

包括哥哥在内，她杀了四个人。这真的可能吗……

漫长的沉默弥漫在两人中间。翔二小口小口地啜饮奶茶，与此同时，混乱的大脑也在考虑接下来该怎么办。

占部又一次将视线投向黑暗的窗外，不停地抽着烟："看来雨不会停了。"

强劲的雨点敲打在窗户上，占部盯着连绵不绝的雨"啧啧"咂嘴，似乎有些焦躁。

"雨势越来越大，今晚会下一整晚吧。"

"——我要回家。"

轻轻地把喝空的杯子放在托盘上，翔二开口："回家后，我想直接问问节子阿姨。"

"问什么？"占部挑起眉梢："'你是凶手吗'，你打算这样问她吗？"

"不……我想先向她确认一下她以前是不是在马戏团工作过。"

翔二缓缓地摇着头，继续说道："我还是觉得凶手应该不是节子阿姨。十几年来，她对我们兄弟俩都很好，我实在无法相信她会是杀害哥哥的凶手……”

“你的心情我能理解。”

“如果是想为十五年前的事情复仇，应该从很久以前就开始筹划了吧？她一直在津久见家干活儿，下手的机会有很多。”

“这个嘛……”

占部话说到一半，像是突然改变主意似的闭口不言，再次把目光投向窗外。翔二觉得他可能是想问“你一个人没问题吗”，可是占部再也没说什么。

“如果问出什么我会联系你的。”

说完，翔二看了看手表，晚上七点十五分。父亲和母亲此时还在相里吧……

“我会叫辆出租车自己回去的。占部先生也回去休息吧。”

“嗯，可是——”

“截稿前期很辛苦吧？看你一直很疲倦，我真是过意不去。”翔二拜托店家帮忙叫了辆出租车。外面的雨实在是太大了，翔二便对占部说：“要不要一起坐出租车回去？”

但是占部淡淡地笑着：“没关系，我已经习惯了骑摩托车，都不知被淋过多少回了。”

说完，他轻轻地敲了敲放在旁边的头盔。

2

晚上八点多，翔二回到位于阿瓦多町的家。雨一直未停，也没有丝毫减弱的迹象，风势也越发猛烈。

激烈的雨声不绝于耳，整座城市犹如奏起了打击乐。庭院中的树木随着尖厉刺耳的风声大幅摇摆，甚至还能听到轰隆隆的沉闷雷鸣声，颇有暴风雨袭来的感觉。占部骑摩托车没事吧？翔二突然有点担心他。

一下出租车，翔二便穿过大门，一口气跑到玄关屋檐下。母亲的雪铁龙还停在车库里，父母大概是开另一辆车出门了吧。

翔二没有摁玄关的门铃，而是绕到有备用钥匙的后门。现在他不想叫节子出来给自己开门。翔二从屋檐下朝庭院的方向走去。客厅和餐厅的灯都还亮着，讨厌下雨的帕皮似乎缩在狗窝里。

他用备用钥匙打开后门，悄悄进入屋内，小心翼翼地不发出声音。“自己这是怎么了？”翔二反问自己。

也许是担心被节子听到？又或者是害怕被她察觉？可是自己明明是为了好好跟她谈谈、是为了确认事实真相才回来的。

翔二反手把门关上，走进家中，来到走廊上。水珠顺着濡湿的头发和衣服不断滴落。翔二有意加重脚步，故意弄出声响，朝着餐厅门方向走去。从那里，豪华吊灯透出丝丝黄色亮光。

节子正坐在客厅的沙发上看电视。

看到翔二的身影，她“哎呀”一声站了起来。

“少爷，您回来了！是从后门进来的吗？哎呀呀，怎么淋得这么湿，感冒就糟糕了。来，快点把外衣脱掉，我去给您准备洗澡水。”她的态度和往常一样。翔二脱下夹克衫，搭在手边椅子的椅背上，朝客厅走去。

“打扰一下，节子阿姨。”

说完，翔二在桌子对面的沙发上坐了下来。屋里没有开暖气，冷飕飕的。电视正播放着综艺节目，不时传来阵阵笑声，听上去有一种异样的空洞感。

“节子阿姨，我有些事想问你。”

“嗯，什么事？这么郑重其事。”

节子歪着头表示疑惑，然后坐回原来的位置，拿起遥控器关掉了电视。翔二笔直地凝视着她的脸：“今天我去医院了。”

“我去见了在脑外科住院的大柴周吉先生。今早提到过的，在流星马戏团当小丑的那位老爷爷。”

“大柴……啊！”

节子的小眼睛瞪得滚圆，显得很吃惊：“为什么要去见他？”

翔二只答了一句：“因为我有些疑问。”

节子一副不明所以的表情，再次歪起脑袋：“可是，少爷……”

“我听说十五年前发生过一场事故，巡演的马戏团里一个小孩被汽车轧死了。我对那个孩子的事情有些疑问，所以去问了大柴先生。”

“……”

“大柴先生告诉我，死去的孩子名叫‘山内典太’，孩子的母亲名叫‘节子’。孩子去世之后，她辞去马戏团的工作，留在了这座城市。”

节子嘴半张着，一副愕然的模样。

翔二目不转睛地看着她：“节子阿姨就是那个孩子的母亲吗？”

节子一时语塞。她眯起布满皱纹的眼睛，视线落在翔二的膝盖附近，似乎看透遥远的过往，胖墩墩的肩膀微微颤抖。接着，她缓缓呼出一口气，像从胸腔最深处吐出一般。

“请不要吓我。”节子语调明快，“我真的吓了一大跳。突然问我这种陈年旧事。”

“果然没错，节子阿姨就是那孩子的母亲吗？”

“……是的。”

“那……”

“我出生在栗须市——将近三十年前的往事了，那个马戏团来市里表演的时候，我和当时表演高空飞人的一个男人走得很近，他是马戏团里的大红人。”

“那个人姓山内吗？”

“嗯。”节子点点头，眯起眼睛。

她轻轻地把一只手放在脸颊上，感慨地继续说道：

“我为了和那个男人在一起，离家出走了。我负责马戏团团员的伙食和其他杂务，跟着马戏团到处巡演。可是，在我们的孩子——典太出生后不久，他在表演中意外身亡……”

翔二无法附和，只能盯着节子的嘴。

“他去世之后，我和典太一起留在了马戏团。马戏团里的人都很善良。然后——我记得应该是十五年前，发生了那场不幸的事故。典太在外面玩的时候，被医院的车撞了。”

“什么？”

翔二不禁叫出声来。“医院的车……”

“我觉得事故一半的原因是阿典自己不小心。他在市民公园北侧的大道上，被博心会医院的四轮货车撞了。”

“四轮货车？”

翔二从沙发上弹了起来：“那是什么时候的事？”

“什么时候……”

节子显得有些惊慌失措，但马上便答道：“我刚才说过了，是十五年前。我记得是十月吧。”

“那之后十五年，马戏团再没来过这座城市，大概是觉得不吉利吧。发生过那种不幸事故的地方，最好还是不要靠近。”

“阿典不是在地藏丘空地上玩耍的时候，被卡车轧死的吗……”

“啊？”

节子茫然地瞪大了眼睛：“少爷，您在说什么？”

“可是我……”翔二困惑不已，“刚才那番话是真的吗？”

“我没有撒谎。”

节子的语气很干脆。的确，她完全不像是在撒谎。

“那孩子是被医院的车撞死的。虽然我的父母已经过世，但我还是辞去马戏团的工作，留在了这座我出生的城市。”

“……”

“了解到我的情况后，当时担任外科部长的津久见老爷帮我安排了工作，一开始雇我在医院干些杂务，后来他问我愿不愿意去他家帮忙。今早老爷也提起过，他小时候十分向往那个马戏团。老爷还说过，十五年前公演的时候他还瞒着夫人偷偷地去看了表演呢。马戏团在魔术表演中当助手的孩子是被自己医院的车撞死的，因此……”

翔二不知该说些什么，他把双手绕到脑后，精疲力竭地靠在沙发上。屋外狂风暴雨依旧肆虐。大颗大颗的雨珠猛烈地敲打着庭院一侧的窗玻璃。轰隆隆的雷鸣声似乎更近了，隐隐约约传来帕皮的吠声，大概是被雷声吓着了吧。

“少爷真是的，让一个老年人回忆这种往事。怎么会突然对这件事产生兴趣呢？我最近也打算去探望一下大柴先生，他还好吗？”

节子脸上挂着若无其事的笑容，说完便从沙发上站了起来。

“好了，请快点把湿掉的衣服换了吧。我现在就去给您准备洗澡水。晚饭呢？您想吃什么？”

翔二目送着离开客厅去准备洗澡水的节子，陷入沉思。

节子刚才所说的话绝对不是谎言。马戏团的孩子“典太”，十五年前的十月在街上被医院的四轮货车撞死了。如果事实果真如此，那么翔二在地藏丘的空地上亲眼看到的事故——当时被卡车轧死的“阿典”，并非“典太”。

翔二闭上眼睛，回想着那天黄昏，被水泥管边缘切成圆形的世界。

暗红色的天空。暗红色的云。零零散散地站在空地上的五个黑影。远处隐隐约约传来声音，是马戏团乐队演奏的音乐，音调凌乱不堪……

（乐队？）

翔二惊得浑身战栗。

（没错，能听到乐队演奏的音乐声，也就是说……）

如此简单的问题，为什么之前都没有察觉到？

地藏丘那场事故发生在傍晚时分，那时也听到了地藏丘下面传来的马戏团音乐。这说明，当时正是市民公园广场上马戏团公演最精彩的时候，前后时间相差不大。那么，作为魔术表演助手的“典太”，根本不可能在同一时间跑到地藏丘的空地上玩耍。“典太”不可能是那时被大家欺负的“阿典”，就是这么回事。

阿典不是马戏团的孩子。凶手果然不是节子，而是别的什么人，到底是谁……

3

“呀”的一声扯破喉咙般的尖叫从走廊方向传来。

（怎么了？）

翔二吃了一惊，伸手抚摩着上脖颈，从沙发上站了起来。

（是节子阿姨的声音吗？）

父母现在都不在家。发出尖叫的只能是节子，不会是别人。她怎么了？翔二讶异不已，迅速朝通往走廊的门边走去。尖叫声再次响起，同时听到了某种硬物敲击墙壁的声音。“节子阿姨？”

慌乱的脚步声越来越近。

“节子阿姨，你怎么了？”

感觉情况不妙的翔二打算飞奔至走廊时，从相连的隔壁餐厅那边传来一阵巨响，像是有人在用尽全力撞破门扉。

翔二大吃一惊，回头朝那边望去。

“啊！”这次翔二的喊声回荡在屋内冷冰冰的空气之中。节子卧倒在被撞开的门扉内侧，朝向翔二这边的脸上血迹斑斑。看了这副场景，他的心都揪起来了。

“节子阿姨！”

翔二慌忙往餐厅跑去。节子伸向前方的手臂不停地痉挛着，拼命地想要对翔二说些什么。

“节子阿姨……”

翔二一时之间根本没弄明白究竟发生了什么事。他踉踉跄跄地跑到节子身边，这时，在他面前——

一个浑身裹着灰色雨衣的人跃过倒地的节子，跳进屋内，随即举起手中的金属球棒，毫无预警地朝翔二袭来。

“啊！”

翔二大叫一声，向后躲避，腰部撞到餐桌边缘，发出“咚”的一声巨响。劈下的凶器落空，打在翔二拉出来抵挡攻击的椅背上。

节子就是被这家伙袭击的。她去准备洗澡水的时候，突然被这根金属球棒给袭击了。

翔二想起占部在哥哥公寓阳台的栏杆上发现的痕迹，那块痕迹就像是被某种硬物击打后留下的。还有，对了，凶手杀害畑中、一之濑和榎田的手法，是用钝器打破头部致死……

（这家伙就是凶手！）

被雨水浸湿的雨衣，黑色宽帽檐压得很低，手上戴着黑色皮手套，个头不算太高，戴着一副白色的大口罩，看不到长相。

（这家伙就是……）

凶手是怎么溜进来的？

翔二马上有了答案。对了，他从后门进来的时候忘记锁门了。这家伙就是从那里……

如果是这样，那么刚才屋外帕皮的吠声——并不是因为受到了雷声的惊吓，而是因为发现了入侵者才吼叫的吧？

凶手重新握紧金属球棒，再次高高举起。翔二迅速曲起身体绕到餐桌的另一侧，这一次，挥下的凶器打在餐桌上。桌上的花瓶因震动而翻倒，滚落在地板上摔得粉碎。

（为什么……）

翔二拿起桌上的烟灰缸，瞄准即将展开第三次攻击的凶手，把手中很有分量的陶瓷烟灰缸扔了过去。

（为什么要攻击我？）

烟灰缸命中凶手的胸口，应该还是有些威力的，但对方仅仅露出一闪而过的胆怯，马上又握紧凶器，朝翔二袭来。

高高举起的金属球棒前端碰到从天花板上垂下的豪华吊灯，伴随着一阵巨响，灯泡被划破，黄色的灯光随之消失。趁着凶手躲避从天而降的玻璃碎片的空当，翔二双手举起身旁的椅子，挡在身前。

凶手背对着客厅透出的灯光，看起来就像一个黑影。他挥起凶器直劈而下，濡湿的雨衣随之飘动。翔二用椅子腿阻挡攻击，“咣当”一声，沉闷的对抗震得翔二手都麻了。

他不禁向后倒退，心想，必须用手中的椅子做出反击，但凶手丝毫不给他喘息的空间，再次发动攻击。

金属球棒从水平方向挥了过来，本以为会从正面袭来的翔二猝不及防，勉强闪身躲避，但还是被凶器的前端击中左手手肘。剧痛导致手臂失去力量，椅子从翔二手中飞了出去。

飞出的椅子直接打在朝向庭院的窗户上，撞碎了窗玻璃。本应传出震耳欲聋的巨响，呼啸着从屋外灌进来的狂风暴雨却将其完全抹消。忍着左手肘的疼痛，翔二挣扎着站起身。凶手再次攻击，他拼命地躲避着迎面而来的凶器，打算逃到客厅去。就在这时，翔二不小心踩到散落在地板上的灯泡碎片，只来得及“呜呜”地呻吟着，再次乱了架势。

黑影瞅准时机扑了过来。

翔二迅速伸出双手，抓住凶手挥动着凶器的左臂。凶手控制不住向前扑的势头，朝着翔二的方向倒了过来。两人就这样纠缠在一起，失去了平衡，朝着破裂的窗户方向倒去，撞破所剩无几的玻璃和窗棂，滚落在屋外的露台上。即便如此，翔二仍然没有松开抓住对方手臂的手，凶器从对方手中滑落。两人继续缠在一起，滚落到庭院的草坪上，被强烈的暴风雨所包围。

翔二勉强占了上风，但凶手的力量实在惊人，小小的身躯里怎么会凝聚着如此强大的能量，真令人惊讶。

（简直像疯了似的。）

不一会儿，翔二不敌对方的力量，被对方摁倒在地。

戴着黑手套的双手扼住翔二的喉咙，翔二双手使劲往上推，拼命抵抗，却无法撼动其分毫。

喉咙好痛。呼吸困难。

冰冷的雨蹿进翔二大张着的口中。

（……为什么？）

视线的焦点变得模糊，手脚没了力气。

（为什么要攻击我？）

在逐渐模糊的意识之中，翔二发出疑问。

（为什么……？）

（是因为那个时候我袖手旁观吗？）

（那个时候……）

（在水泥管里……）

暗红色——十五年前秋天黄昏的情景，在染上黑暗色彩的心中扩散开来。

被水泥管边缘切成圆形的世界。隐隐约约传来马戏团的音乐声。在暗红色天空的笼罩下，五个人影正在玩耍。“啪嗒”……偶尔会有冰冷水珠滴落在脖颈。

“地藏菩萨——”

他们欢快地喊着，像在唱歌一样。“——笑啦。”

“胖男孩”是“鬼”，他回头后，四个人影立刻停止了动作。

穿着奶油色衬衫、绿色背心、肥大的茶色裤子，小脑袋上戴着一顶红色的棒球帽——阿典照例站在最后，右手低低举起，左脚向前跨出，拼命维持着这个姿势，扭曲变形的笑容僵在脸上……

扭曲变形的笑容。

记忆中的“眼睛”，忽然被这样的笑容所吸引。扭曲变形的笑容。扭曲变形……

嘴唇不自然地歪斜着，绷起瘦削的脸颊，米粒般的眼睛拼命睁大，挤出怪异的笑容。那满脸的皱纹，让人看了很不舒服。

（……欸？）

满脸皱纹，这简直就是……

（这是？）

（……好奇怪！）

（怎么觉得？）

（怎么觉得，简直就像……）

在那遥远的过去，他曾经看过的这张脸、这个神色、这个动作，用现在的认知重新端详它们，突然产生一股强烈的不协调感。

（这是……）

（……不是小孩子？）

（不是小孩子？）

（这是？）

（这张脸是——）

找到与之对应的词汇之后，翔二震惊了。

（——老人？）

脸上布满皱纹——这是老人的面孔。笨重迟缓、不得要领的动作——这是老人的动作。

十九年前翔二出生的时候，祖父母都已经过世。翔二小的时候身边根本没有“真正的老人”，所以……

（说不定连“老人”这个概念都不清楚）

所以，十五年前的秋天，当时才四岁的翔二无法正确认知和哥哥们一起玩耍、被他们称为“阿典”的人其实是一位“老爷爷”，只是将其理解为“感觉和普通孩子不太一样，有点可怕”。

（啊啊……）

翔二暗自叹息。

（啊啊，竟然会是这样！）

布满皱纹的脸上露出扭曲变形的笑容，阿典拼命地保持暂停的动作。在对面的坡道上，这时——

有什么东西在发光。

圆形的银色光芒。停在坡道中央的那辆小型卡车的某一部分在发光，那是……

（……后视镜！）

位于车身右侧——驾驶室侧面的卡车后视镜。

“啪嗒”……从水泥管顶部滴落的水滴，打在脖颈左侧，翔二吓了一跳。他一面继续屏息注视着前方，一面抬起右手。突然，卡车驾驶室的车门打开了，里面冲出一个黑影。

（黑影……）

人影穿过道路，消失在“世界”之外。

翔二眼角的余光不经意地瞥到了这一幕——这时，突然……巨大的卡车车身动了起来。

“危险。”

孩子们的叫声响起。“危险啊！”

“逃啊！”

“快逃！”

“快一点！”

漆黑的卡车速度越来越快，从坡道上滚落下来，然后……

（……啊啊）

翔二的意识开始清晰。

必须回忆起来的某些东西——就是这个。就是这个，十五年前尚且年幼的自己还无法理解其中的含义。

（……不是事故！）

冲出驾驶室的那个人影。那家伙就是酿成惨案的罪魁祸首。卡车的手刹并不是意外脱落，而是那家伙故意弄掉的。

（不是事故！）

（是谋杀！）

记忆中的“眼睛”像录像带倒带似的追逐着当时的那一幕。

卡车回到了原来的位置。一个黑影进入驾驶室。车门紧闭。晃眼的银色光芒。圆形的后视镜中映出那人的脸……

不知道从距离遥远的水泥管中能否看清那人的脸。但镜中的确映出了那人的脸。当时，那块圆形的后视镜中……

意识突然被拉回现实。因为凶手被头顶上方轰响的巨雷吓了一跳，不由得放松了掐住翔二脖子的力道。

翔二重新找回视线焦点，捕捉到了跨坐在自己胸口的身影。凶手戴在头上的帽子在刚才的纠缠中脱落，遮口鼻的口罩不知何时也不见了踪影。

（啊，为什么——）

暴露在外的那张面孔，与圆镜中的脸重叠在一起。

（为什么会是这个人？）

震惊和困惑之余，翔二想起昨天下午在占部住处听来的逸事。

“所以，每次去的时候，都能遇到面熟的人。这一点也让我觉得很奇妙。”

那是……没错，是占部在谈到尼泊尔时所说的话。“酷似的人吗？”

“第一次去的时候，在某个村落漫步时遇到了一个人，酷似我故去的外公。外公一直和我们住在一起，在我上高中的时候去世了……”

今年三十一岁的占部上高中的时候，那应该是在十三或十五年前。那时他还没有搬到现在位于御森町的家。而且，对了，他说过以前就住在地藏丘附近，没错吧？

换言之，占部直毅故去的外公，就是十五年前在地藏丘空地上被大家欺负的“阿典”？

“放手！”

翔二死命攥紧对方掐住自己脖子的手，挤出不成形的声音：“放开我……”

濡湿的头发乱成一团，眼中充满强烈而黑暗的疯狂，那双眼睛正俯视着翔二——这张脸，是占部的母亲——春海。

4

暗红色的天空。暗红色的云。

吹拂而过的风，也呈现出暗红色。

随风飘来的音乐声，也被染上暗红色——十五年前那个秋日的黄昏时刻。

她就躲在那辆被丢在坡道中央的脏兮兮的卡车的驾驶室里。

（车门原本就没有上锁。）

她目不转睛地看着眼前的情景，屏息静气，竭力抑制剧烈的心跳，侧耳倾听。

世界就在那里，被切成圆形，在破旧的小型卡车车身上伸出的那块圆形后视镜之中。

……五个红色的人影沐浴在夕阳之中。

他们正在玩名为“地藏菩萨，笑啦”的游戏。阿典从以前用过的手提保险匣中偷偷拿出五十钱银币，以此作为交换，才得以加入他们，但今天他仍然遭受着那四个孩子的欺负。

（……一起玩吧！）

（让我玩吧！）

（这个给你！）

“阿典动了。”

“怎么又是你。”

“你总是这么迟钝。”

“笨蛋。”

“蠢死了。”

“不跟你玩了。”

“不笑可不行。”

“喂，笑一个啊。”

“笑啊。”

"笑啊……"

到现在为止，这种情景她目睹过很多次。

父亲近几年的老年痴呆症状越发严重，大脑思维已经退化到儿童时期，像个小孩子一样自称"阿典"。

(他正式的名字叫作"典宗"。)

有时他甚至会叫自己的亲生女儿为母亲……

最近父亲经常晃到地藏丘的空地上,被那里玩耍的孩子们"欺负"。她是某一天偷偷尾随父亲才知道这一事实的，她连站出来呵斥孩子们的勇气都没有,只能躲在暗处看着完全变了样的父亲。

(父亲过去是个多么出色的人啊……)

度过了六十几年漫长的人生，父亲最后沦落到这种险恶的悬崖边缘,无法回头。然而他本人却根本意识不到自己的真实状态,只是可悲而又滑稽地歪斜着那张苍老的面孔。

背对着无底深渊，不停地跳着舞的小丑，眼前呈现出刹那间的幻象。

(那就是他。)

她左手伸向卡车的换挡杆。

(而且，那也是我。)

要说站在悬崖边缘——她也是一样的。过早地失去丈夫，仅靠一个女人的力量养育儿子，同时还得独自照顾被痴呆侵蚀的父亲。那时，她的心已经筋疲力尽，已经被逼到极限了。

（那既是他，也是我。）

她将变速杆切换到空挡，卡车车身开始微微晃动。

“地藏菩萨——”

当“鬼”的胖男孩大声喊着。“——笑啦。”

在被切成圆形的世界之中，五个红色的人影纹丝不动。

（受不了了！）

（这样就能解脱了！）

黑色火焰在她心中熊熊燃起。松开手刹的同时，她打开驾驶室的车门冲了出去，穿过道路，跑进树林。失去支撑的车身因自身的重量开始缓缓移动，然后……

孩子们大喊着东逃西窜。从坡道上滚落的卡车把拼命维持不动姿势的他卷入车轮之下。

最让她意外的是，孩子们没有把这件事告诉任何人就跑回家了。内心反复挣扎之后，她最终还是作为“事故”的发现者叫了辆救护车。在那之前，她确认过父亲已经断气，并把自己可能会留在卡车驾驶室和车门上的指纹擦得干干净净。

之后，警察仅仅从停在坡道上的卡车车主是否有过失的方向进行了调查，车主似乎是住宅区开发计划的相关人员，但因证据不足，无法予以指控。警方根本没有怀疑她，当然也没注意到当时有小孩在附近玩耍之类的线索。最后呢，曾经刊登在报纸角落的“老年男子不幸去世”一事也逐渐被人们所淡忘。然而——

那天黄昏，让她产生时间仿佛静止般错觉的那一刻，为她以后的生活蒙上了黑暗和沉重。

没了父亲这个累赘后，她搬到现在的住处，如愿以偿地开起了一家属于自己的咖啡馆。“飞船”这个店名的由来和儿子直毅喜欢的摇滚乐队有关。

店里的生意还算兴隆。直毅考上京都的大学后离开了这座城市，但儿子还是很关心自己。漫长的学业结束后，直毅最后还是回到了这里，偶尔还会在店里帮帮忙。

十五年来，日子看似过得顺心如意，其实在内心一角，不，或许是整颗心始终都在强烈地诅咒着自己那天黄昏时分所犯下的可怕罪行。

（是我杀了他。是我杀了父亲。）

（是我杀了自己的亲生父亲。是我……）

长年累月下来，她的神志开始逐渐扭曲。

难以容忍的罪恶感终于让她产生了一种疯狂的念头：她不愿去承认自己曾经犯下的可恶罪行，取而代之的是另一种扭曲的想法，她开始认为错不在自己，而是当时欺负父亲的那四个孩子。

“我没有犯下任何罪行，他之所以会惨遭不幸，都是他们的错，父亲的死是他们造成的，是他们杀了他。没错，就是这样……”

今年九月，流星马戏团阔别十五年再度来到这里。市里到处都贴着海报，市民公园的广场上还搭建起帐篷……马戏团奏响的熟悉音乐声逼得她快要失去平衡的心终于失控，她的内心中掀起一股疯狂的风暴，成为诱发一连串事件的导火索。

十五年前是他们杀了父亲。然而那四人没有受到任何惩罚，在这座城市里活得逍遥自在——不可原谅。知晓他们罪行的自己，必须代替死去的父亲实施“复仇”。于是她行动了。

她知道那四人的名字。十五年前那场“事故”之后，她委婉地问遍了周围的邻居，得知了这些信息。

津久见伸一、畑中志郎、一之濑史雄、榎田胜巳。连他们现住何处、在做什么工作她都彻底调查过了。

这其中有两个偶然。

一是津久见伸一曾是直毅担任补习学校讲师时的学生。二是一之濑史雄是同一街区药店老板的儿子。

她先从直毅的记事本上查到津久见居住的公寓电话号码，在深夜给他打电话。

“一起玩吧！”

她用手帕捂住话筒，伪装出酷似老年人的模糊声调，低语着。“让我玩吧，好吗？”

电话那头的津久见大吃一惊，惊慌失措。这种反应令她十分满意。

他还记得，他还记得十五年前自己犯下的罪行，现在，他正在因跨越时空回荡在耳边的这个声音、这些话语而感到胆怯……

那之后她每隔一天就打两通内容几乎一模一样的电话。并在第二通电话的最后加上“你没有忘记吧”这句话。接下来——

“复仇”的时刻到了。

九月二十九日深夜，整理完店面之后，在无法抑制的疯狂意念下，她心潮澎湃地骑上轻型摩托车前往津久见的公寓，身穿父亲生前十分喜爱的灰色雨衣，从父亲遗物的手提保险匣中拿出一枚五十钱银币塞进口袋，从储物间里找出直毅小时候用过的金属球棒揣在怀里。

在公寓附近打了通电话，确认津久见在家之后，她去了津久见的房间，把带来的帽子压低戴在头上，用口罩遮住面部……

（复仇！）

她俯视着从阳台围栏翻落后摔在地面上的津久见的身影，对自己强调。

（这是复仇！）

这种加速失控的疯狂已无法停下，就像从坡道上滚落的那辆卡车一样,她只是为了完成“复仇”这一目的而一味地横冲直撞。

第二个目标是畑中志郎。她事先埋伏在停车场，轻而易举地将他杀害。

虽说直毅和伸一的弟弟翔二对津久见伸一的“意外死亡”心生疑惑，但事已至此，怎能中止“复仇”计划。他们将津久见的事件与十五年前的事故联系起来，试图追寻事件真相的行为更是加快了她复仇的脚步。

昨晚，在直毅他们乘摩托车出门之后，她去了药店，为的是观察一之濑史雄的动向，而且还碰巧听到那通电话的对话内容。当她判断出一之濑史雄的通话对象是榎田胜巳之后，接着展开了下一次“复仇”行动。

当晚相继将榎田和一之濑杀害后，她的“复仇”结束了。十五年前他们犯下的“罪行”终于赎清。她心中的那股疯狂理应就此平息。

然而，今天——

当听到津久见翔二在店里对直毅说的那番话之后，阴暗的骚动动摇了她的心。

“我觉得还有什么。”

用大拇指按住太阳穴，翔二陷入沉思。

“十五年前的记忆。当时，在水泥管里的我好像看到了什么……圆形的……那是……”

昨天傍晚隐约听到一点翔二和占部的对话之后，她才知道，十五年前翔二似乎在什么地方看着哥哥们玩“地藏菩萨”的游戏，而且，当时那段模糊不清的记忆中似乎有什么东西让他十分在意。当然，知道这些后，她相当不安和害怕——

他说过，在水泥管里看到了。而且还说，从水泥管里目击到了什么“必须记起的东西”。

十五年前的那个时候，映在卡车后视镜上的情景。在五个红色人影后方，有几根堆在一起的水泥管，翔二肯定就在其中一根水泥管里。也就是说——

说不定被他看到了。当时自己冲出驾驶室的时候，说不定被他看到了。

但是，这种恐惧感马上被另一种疯狂的念头所代替。因为，对“被看到了”而感到恐惧恰恰说明她承认了当时自己犯下的罪行。

这孩子同样有罪。这就是她在疯狂中定下的结论。

这孩子同样有罪。这个当时在那里默默地看着父亲被欺负的孩子，和他们四人一样，也是罪人。

刚才——其实已经是一个多小时之前的事情了——直毅往店里打了一通电话。

“再过一会儿就回去，现在被大雨困在外面，雨一时半会儿停不了……”她用一种有点像“你现在在干什么”的口气刺探他，“你和翔二先生在一起吗？”

对于她的问题，直毅回答：“没有，他一个人回去了。”在听到这个答案的瞬间——

她想起白天翔二在店里说今晚他父母都不在家。

她从洗手间回来的时候碰巧在门外隐约听到一点。

已经疯狂的意志促使她下定决心。她穿上“复仇者”的装束，骑上轻型摩托车冲入连绵不绝的大雨之中，前往位于阿瓦多町的津久见家。她从敞开的后门偷偷潜入屋内，把冷不防撞见的用人打倒在地……

她不知道这个女人会在家。

于是，现在——

最后一个“罪人”的性命就掌握在她的手中。再过一会儿——只要再过一会儿，只要集中“复仇”的意念继续掐住他的脖子，一切就会结束了。就会结束了。

5

“住手。”

翔二死命攥紧占部春海掐住自己脖子的手，挤出不成形的声音。

“放开我……”

然而，她那溢满疯狂意念的眼神始终黑暗而冰冷，丝毫没有放缓掐住翔二脖子的力道。翔二在痛苦中挣扎，意识再次逐渐远去，朝向把过去、现在、未来——所有一切都吞噬抹消的漆黑深渊中坠落。

不行了。已经……翔二闭上眼睛，在逐渐稀薄的意识角落里自言自语——就在这时。

暴风雨中传来“汪”的一声，那是充满了愤怒的声音。紧接着传来什么人的呻吟声。一度让翔二呼吸停止的疯狂力量消失了。

(哎……)

翔二深深地吸了一口气，睁开双眼。跨坐在自己胸口的凶手不见了。

翔二微微晃了晃脑袋，摩挲着一阵阵刺痛的喉咙，挣扎着撑起上半身。

她仰躺在距离翔二脚边两三米远的草坪上，一团纯白色的巨型物体压在她身上。

“帕皮……”

翔二用嘶哑的声音大喊：“帕皮——”

“汪！”帕皮又开始狂吠，白色的毛已经被雨淋湿。它颤抖着巨大的身躯，回头看着坐起身来的翔二。

她躺倒在地，一股乌黑的液体从她脖子上流出，那是帕皮咬的。血量十分惊人，看上去她好像已经完全失去了挣扎的力气。

“帕皮，停下！”

说完，翔二朝她所在的方向走近一步。帕皮听话地停止攻击，从她身上离开。讨厌下雨的帕皮在原地坐下，望着翔二，像是在问“没事吧”。

翔二又朝她走近一步。她用手捂着受伤的脖子，痛苦地呻吟着。翔二俯视着她满是血水和污泥的扭曲的脸庞，沮丧地伫立在雨中。

——就在这时。

一阵仿佛划破风雨、仰天长啸般的摩托车排气管的声音传来。

（占部先生？）

翔二回头看去，一道白色的前车灯灯光正从前院向这边靠近。

（占部先生……啊啊！）

穿过院里的树木，冲过湿润的草坪，占部骑着摩托车来到翔二身边，连引擎都没有熄灭就从车座上跳了下来。

“妈妈！”

占部边喊边跑到母亲身旁。他摘下头盔扔到一旁，跪在地上想把母亲抱起来。

“啊啊，妈妈！”

翔二制止了喉间咕咕作响的帕皮，站到占部面前。

“占部先生。”翔二说，“为什么要做这种事……”

“——阿典是我的外公，十五年前你看到的是个昏聩的老人，不是小孩子。”

大雨中，占部用痛苦喘息般的声音吐出这些话，软弱无力地摇了摇头。

“昨晚和武藤说话时，你不是对‘阿法’这个名字反应很奇怪吗？当时我还没起疑心。但是，我们去了地藏丘，你钻进水泥管后讲述了回忆起来的往事，我听了之后……”

“你发现了什么？”翔二不由得质问占部，“你昨晚就知道真相了吧？”

占部默默地点了点头，手仍然放在母亲的肩膀上。

“令堂就是凶手，这一点你也知道了吗？”

“这……”占部说不出话来。

“……我还以为你肯定也觉察到了。昨晚——出了餐厅之后，你说钥匙圈不见了，我们不是顺路绕到我家来了吗？那时……”

“那时？”

没有正视翔二费解的视线，占部继续往下说。

“妈妈的轻型摩托车不见了。可能你并没有注意到这件事。”

“轻型摩托车……”

“深夜时分，雾又这么浓，她到底外出去了哪里？后来细细一想——我想起来了，前一天晚上送你回去后回到家里也没有看到那辆轻型摩托车。当时我没多想，还以为她是去便利店买东西了。”

昨晚那间平房的屋檐下没有轻型摩托车——自己应该注意到这一事实的，翔二想。

那时他看到了，在摩托车灯光的照耀下，粘在墙壁上的圆盘反射出银色的光芒。而且，那个圆盘粘在平房入口处右手边的墙壁上，那辆轻型摩托车正好停放在圆盘的正前方。因此……换言之，那时候之所以会看到银色光芒，和当时那个圆盘前方没有轻型摩托车遮挡有着直接联系。但那时翔二的注意力完全被与那片圆形银色光芒产生共鸣的十五年前的记忆所吸引，没有注意到这一事实。

“那之后我又一次把你送回家。当我返回自己家中的时候，仍然没看到轻型摩托车的踪影。”

占部说话的声音十分空洞。

“又过了一会儿，她回来了，身上就穿着这件雨衣。”说着，他无力地把目光落在母亲身上。

“这件雨衣是外公的遗物——昨晚我彻夜未眠，跟你说是因为把截稿日弄错了，那是骗你的。因为我不想让你起疑。”

“啊……”

“今天早晨，我一个人先去了一趟图书馆。”

“去图书馆？”

“我去查阅那些报纸缩印版，确认有没有哪一本刊登了报道——外公致死的那场事故的报道。因为我不想让你看到，所以和你一起去图书馆的时候，我先把有问题的那一本拿走了，故意让你查看其他的。”

原来是这么回事！

当时在图书馆里被女图书管理员搭话的占部，想必相当焦急。

“占部先生，又来查东西吗？”当时她之所以会这么说，是因为她知道占部曾经来查过东西吧。当她看到占部又重新查阅了一次十五年前同样的报纸，才会表现出那么吃惊的反应，问他“您到底在查什么”。

“从图书馆回来后，趁她在店里的时候，我悄悄潜入她的房间调查了一番——发现这件雨衣被塞在壁橱的角落里，上面到处都沾着血迹。而且，我还在那里找到了沾满血渍的金属球棒。”

“……”

“我不愿相信，然而却不得不信。我脑子乱极了，不知道该怎么办才好，我……总之我不想被你知道。在你说出马戏团孩子的事情时，我明知不是那个孩子，还跟你一起去了医院……”

在去见大柴周吉之前，还有在医院得知那个孩子名叫“典太”的时候，占部始终都在烦恼，不知道接下来该怎么办才好。在得知“典太”母亲的名字叫“节子”之后，翔二判断错误，开始怀疑饭冢节子会不会就是凶手。在那期间，还有，在后来走进名为“OZ”的咖啡馆的时候，他一直都在烦恼……

“……刚才我回到家中，发现店门紧闭，轻型摩托车也不见了。我觉得可疑，就去看了看壁橱，发现雨衣和球棒都不在里面，所以……”

占部说不出话了，望了望在连绵不绝的雨中引擎不停鸣响的摩托车，接着再次把目光落在母亲身上，询问她：“不要紧吧，妈妈？”

翔二看到占部搭在母亲血淋淋的肩膀上的手，正在微微地颤抖。

“救护车。”翔二说完便返回了散落着窗玻璃碎片的露台，“我去叫救护车。”

“等一等，翔二君。”占部叫住了他，“等一等。我——我……”

他到底打算说什么？想说些什么？翔二不得而知。把手从母亲肩上抽离，占部摇摇晃晃地站起身来，一步、两步地靠近翔二。

——这时。

刚才还躺倒在地，不断低声呻吟的占部母亲，猛地站了起来。紧接着，也不知道她那受到重创的身体从哪里冒出如此大的力气，她捂着不停淌血的脖子，以令人难以置信的势头跑了起来。

“妈妈，你去哪儿……”

占部慌忙追了上去。制止住发出嗥叫的帕皮之后，翔二也迅速跟在他们后面。

“妈妈！”

占部虽一度追上了她，却脚下一滑，狼狈地摔倒在濡湿的草坪上。翔二将他扶起。

在连绵的大雨之中，穿着灰色雨衣的占部母亲，逆着刚才占部骑摩托车前来的路线，朝门的方向跑去。

“妈妈！”占部大喊。

“妈妈……”

她头也不回，像是被什么东西附身似的继续奔跑，左摇右晃的身体似乎马上就要瘫倒在地。

穿过从玄关延伸出来的小路，她冲出门外。占部和翔二紧随其后，然而，就在这时……

恰巧有一辆小型卡车驶了过来。沐浴在卡车前灯射出的灯光中，她简直就像十五年前的阿典那样，一下子停了下来。

尖锐的喇叭声，还有急刹车的声音——

在终于到来的死亡面前，占部跪倒在道旁的水洼中放声大喊，肆虐的狂风暴雨将他的喊声吞没。

终 章

两天后——十月八日，星期二。

去医院探望过饭冢节子（幸好她只是头部受伤，并无大碍）之后，翔二在回家途中顺路去了一趟位于市政府斜对面的栗须市警察署。武藤刑警打电话通知他，今天下午占部会去那里接受调查。

“那小子好像受了不小的打击。”

翔二想象着武藤像小熊一样胖乎乎的体形，听着电话那头传来的夹杂着叹息的说话声。

“他母亲那种死法肯定让他大受打击，再加上她还是杀人事件的凶手。不过，那家伙不会因为窝藏凶手之类的罪名被强行扭送到警察局啦……如果你愿意的话，能不能过来一趟，跟那家伙说说话。那家伙倒是说他再也没脸见你了，不过……”

暴风雨在昨天下午终于停歇。今天一早就是让人神清气爽的好天气。翔二走出医院是下午四点多，当他乘坐出租车赶到警察署，已经是夕阳西下的时候了。

在前台报出武藤的名字之后，不一会儿武藤就出来了："哟，院长先生。"

粗声粗气且劲头十足的娃娃脸刑警抬起右手向他敬礼，和上次一样，还是身穿灰色西装和发黄的衬衫。

"你来得正好，调查刚刚结束。现在他去那边的洗手间了，马上就过来。"

武藤窸窸窣窣地在衬衣的胸前口袋里摸来摸去，从被压得皱巴巴的烟盒中抽出一支烟。

"咦？你不是戒烟了吗？"

"打算今晚开始进行第六次戒烟。"说完，耸耸溜圆的肩膀，点燃香烟。

他美滋滋地吞云吐雾："就算我哪天把我妹妹介绍给你，这些话仍然是我们男人之间的秘密哦。"

"哦……"

过了一会儿，占部独自从微暗的走廊上走了过来，当他看到站在大厅里翔二的身影之后，虽然立刻吃惊似的停下脚步，但马上又踩着刚才一样的步伐走了过来，目光却没有正视翔二。

"辛苦了。"

武藤故意用明快的语气跟他寒暄。

占部默默地轻轻摇头，对翔二视而不见，从他面前走过，朝入口的方向走去。占部双手深深地插在裤子口袋里，微微地缩起肩膀，仿佛诉说着这个世界已经没有他的容身之处。

翔二犹豫片刻后，小跑着追上占部："占部先生。"

占部稍稍加快步伐，走下玄关的石阶，翔二跟在他身后，跟他搭话。

"请等一下，占部先生。"

占部连头也不回，再次稍稍加快了步伐。

翔二终于追上占部，用和他一样的速度并排走在路上，真诚地对他说："占部先生。"

"还记得我们的约定吗？"

"——嗯？"

冰冷而僵硬的脸上浮现出惊讶的表情，占部把目光转向翔二，无框圆眼镜闪烁着光芒。

"我们不是约好了要一起去尼泊尔吗？"翔二说，"要是不遵守约定，我会生气的。"

"啊——是有这么回事。"

占部回应道，憔悴的脸上洋溢着微笑："——是啊，我们约好了。"

黄昏悄悄降临这座城市。

警察署旁边的一座公园里，几个孩子正在公园中央的喷泉边嬉戏。西斜的夕阳，为他们镀上一层暗红色。

“地藏菩萨——”

孩子们大声喊着，像在唱歌一样。“——笑啦！”

翔二觉得很不可思议，对于周遭的风景，现在已没了“异国”的感觉。他眯起眼睛看着玩得忘记时间的孩子们。

（地藏菩萨，笑啦……）

文治
© wénzhì books

更好的阅读

出 品 人 沈浩波
特约监制 潘 良 于 北
产品经理 烨 伊
特约编辑 刘 烁
版权支持 冷 婷 郎彤童
装帧设计 沉清Evechan

关注我们

官方微博：@文治图书
官方豆瓣：文治图书
联系我们：wenzhibooks@xiron.net.cn

图书在版编目（CIP）数据

浙江省版权局
著作权合同登记章
图字:11-2020-469号

小丑的追魂曲 /（日）绫辻行人著；王萃译 . —杭州：浙江人民出版社，2020.12
ISBN 978-7-213-09846-8

Ⅰ . ①小… Ⅱ . ①绫… ②王… Ⅲ . ①推理小说—日本—现代 Ⅳ . ① I313.45

中国版本图书馆 CIP 数据核字（2020）第 168980 号

小丑的追魂曲

XIAO CHOU DE ZHUI HUN QU

（日）绫辻行人 著 王萃 译

出版发行	浙江人民出版社（杭州市体育场路 347 号 邮编 310006）
责任编辑	徐 婷
责任校对	戴文英
封面设计	沉清 Evechan
电脑制版	雨 山
印 刷	三河市冀华印务有限公司
开 本	880 毫米 ×1230 毫米 1/32
印 张	9
字 数	170 千字
版 次	2020 年 12 月第 1 版
印 次	2020 年 12 月第 1 次印刷
书 号	ISBN 978-7-213-09846-8
定 价	48.00 元

如发现图书质量问题，可联系调换。质量投诉电话：010-82069336